Carl Scholl

Nach Kamerun!

Carl Scholl

Nach Kamerun!

ISBN/EAN: 9783743426290

Hergestellt in Europa, USA, Kanada, Australien, Japan

Cover: Foto ©Andreas Hilbeck / pixelio.de

Manufactured and distributed by brebook publishing software (www.brebook.com)

Carl Scholl

Nach Kamerun!

Nach Kamerun!

Aus den hinterlassenen Papieren

meines in Kamerun gestorbenen Sohnes.

Der deutschen Jugend gewidmet

von

Carl Scholl.

Leipzig,
Verlag von F. Cavael.
1886.

Meinem braven Sohn

Carl Adolf,

geboren am 24. September 1864 in Mannheim,
gestorben am 29. April in Kamerun,

als ein deutscher Eichenkranz

niedergelegt auf sein Grab unter Palmen.

Auch ein unscheinbares, anspruchloses Menschenleben kann eine gewisse höhere Bedeutung gewinnen, wenn es in eine große Zeitströmung hineingeräth, die es in die unmittelbare Nähe hervorragender Persönlichkeiten bringt, und in welcher es mitten in treuester, gewissenhaftester Pflichterfüllung, wenn auch auf bescheidenstem Posten, seinen Tod findet.

Das ist die Rechtfertigung für das Erscheinen dieser schlichten Blätter, durch deren Herausgabe ich, neben der Befriedigung eines unabweislichen Herzensbedürfnisses, in erster Linie der Jugend, der deutschen Jugend glaube einen wesentlichen Dienst zu leisten. Nicht als wollte ich unter allen Umständen von dem Betreten des Weges abrathen, der meinem Sohne das Leben gekostet hat, aber um einen Warnungsruf ertönen zu lassen, eine dringende Mahnung zu ernster, reiflichster Ueberlegung.

Es ist ja so natürlich, und findet in unsrer ganzen geschichtlichen Entwicklung seine vollste Erklärung, wenn jetzt, wo wir Deutsche zum ersten Male anfangen, in fremden, fernen Welttheilen Kolonieen zu gründen, oder den schon gegründeten den mächtigen Schutz des Reiches angedeihen zu lassen, in Manchen und zumal in den Reihen unsrer Jugend der Wunsch und die Sehnsucht erwacht, an diesen Unternehmungen sich zu betheiligen, und anstatt daheim in den altgewohnten, ausgetretenen Gleisen sich seinen Beruf zu wählen, lieber den unsicheren Wogen des Meeres sich anzuvertrauen, um draußen, und sei es auch außerhalb der Grenzen aller Civilisation, als deutscher Pionir sein Glück zu versuchen. So natürlich und erklärlich aber dieser Wunsch, so dringend ist andrerseits die Pflicht, auf die Gefahren aufmerksam zu machen, die mehr oder weniger mit allen diesen Unternehmungen verbunden sind, und vor Allem auf die verborgenen, heimtückischen, welche dort lauern, wo diese Kolonieen sich in ungesunden, von Fiebern heimgesuchten Gegenden befinden.

Dieser Pflicht gedenke ich, durch die folgenden Mittheilungen nachzukommen. Sie enthalten die eigenen Aufzeichnungen meines Sohnes in seinem Tagebuch, die ich, mit ganz wenigen stilistischen Abänderungen, in der ungekünstelten Form wiedergebe, in der er sie theils auf dem Schiff, während der Seereise, theils in Kamerun, seinem Bestimmungsort, in seinen freien Stunden niedergeschrieben, einzelne Briefe desselben, und von mir selbst hinzugefügt die Einleitung: „Warum nach Kamerun?", sowie den Schluß: „Die naturgemäßere Fieberbehandlung und Diät im tropischen Klima."

Möchten sie ihren gutgemeinten Zweck erreichen! Möchte die Wahrung, ernst und gewissenhaft Alles zu prüfen und zu überlegen, ehe man sich fern von der Heimath und den Seinen in Gefahren begiebt, gehört und beherzigt werden! Möchten insbesondere auch die Winke und Rathschläge beachtet und in ihrer großen Tragweite gewürdigt werden, welche ich am Schlusse in Beziehung auf Fieberbehandlung und Diät beizufügen mich verpflichtet gefühlt.

Ein einziges Menschenleben, das durch die Warnung dieser Blätter vor Siechthum, Tod und Untergang bewahrt würde, — es wäre mir die höchste Genugthuung, und für den Tod meines Sohnes — die schönste Sühne!

Nürnberg, Ende Oktober 1885.

Carl Scholl.

Inhalt.

Warum nach Kamerun?	1
Die Seereise von Hamburg nach Kamerun	12
Vier glückliche Monate unter den Palmen	42
Der Tod im freudigsten Schaffen	79
Winke und Rathschläge für naturgemäßere Fieberbehandlung und Diät in den Tropen	87

Warum nach Kamerun?

Wer einmal von unserem Binnenlande aus nach Hamburg kam, und dort den Hafen mit seinen großen Seeschiffen erblickt, oder auf der Börse die dort angeschlagenen Schiffsnachrichten, die Anzeigen der kommenden und der nach allen Welttheilen gehenden Dampfer und Segler gesehen hat, der weiß, wie unwillkürlich dadurch der Drang erwacht, den wir Alle von unsern indisch-arischen Vorfahren her als ein schlummerndes Erbe mehr oder weniger in uns tragen, — der Wandertrieb, der Wunsch, die Welt zu sehen, und draußen in der Welt unsere Kräfte zu üben. So ging es mir selber, als ich im Jahre 1847 zum erstenmale hinkam, und so ging es wohl auch meinem Sohne, als er im Jahre 1883 im Spätherbst von Nürnberg aus sich hinbegab, um seine Stelle als junger Kaufmann auf dem Comptoir eines Engros-geschäftes anzutreten.

Er hatte in Nürnberg eine Privatschule und in Heidelberg die höhere Bürgerschule besucht gehabt; nach unserm nochmaligen Umzug nach Nürnberg dort seine zwei kaufmännischen Lehrjahre in einem Kurz- und Galanteriewaaren-Engros-Geschäft durchgemacht, und 1882 bis 1883 sein Dienstjahr als „Einjährig-Freiwilliger" im 14. Baierischen Inf.-Regiment „Herzog Carl Theodor" absolvirt, wo er es bis zum „Gefreiten" brachte, und unter Denen war, welche zu Offizieren vorgeschlagen werden sollten.

Von seinem Nürnberger Handlungsherrn hatte er das Zeugniß erhalten: „daß er die ihm übertragenen Arbeiten stets mit Fleiß und Interesse erledigt, und sich in moralischer wie geschäftlicher Beziehung seine vollkommene Zufriedenheit erworben hat"; es war von diesem Herrn ausdrücklich noch hinzugefügt: „Mit Vergnügen kann ich Herrn Scholl als einen strebsamen, brauchbaren und äußerst rechtlichen jungen Mann jedem achtbaren Handlungshause empfehlen. Es begleiten ihn in weiterer Verfolgung seiner geschäftlichen Carrière meine besten Wünsche."

Sein Führungsatteſt als Einjährig-Freiwilliger lautete: „Der Einj.-Freiw. Carl Scholl hat vom 1. Oct. 1882 bis zum 27. Oct. 1883 bei der 9. Comp. 14. Infant.-Regiments Nürnberg gedient, und ſich während dieſer Dienſtzeit tadellos geführt. Derſelbe war eifrig und verläſſig im Dienſt, ſehr ſtrebſam, geſetzten Charakters, moraliſch ohne Tadel."

Der Gedanke, die Welt zu ſehen, mag während des einen Jahres, das er in Hamburg zubrachte, auch dadurch mehr und mehr in ihm lebendig geworden ſein, daß er überhaupt von ſeiner früheſten Kindheit an an kleinere und größere Wanderungen gewöhnt war, die er mit mir und Anfangs auch mit ſeinem, im Tod ihm vorangegangenen, jüngeren Bruder, beſonders in den Schulferien, gemacht hatte. Er hatte von Nürnberg aus die fränkiſche Schweiz mit ihren merkwürdigen Höhlen, den bairiſchen Wald, München mit ſeinen Kunſtſchätzen, und zuletzt wenigſtens die Vorgebirge der bairiſchen Hochalpen von Tegernſee aus geſehen und durchwandert. Von Heidelberg aus hatte er wiederholt den Rhein geſehen, an deſſen Ufern in Mannheim er geboren war; hatte die Berge und Ruinen um Heidelberg herum und namentlich auch die in dem Neckarthal alle durchſtreift. Von Heidelberg aus hatte er mit mir auch das Kraichgau durchpilgert, wo ſein Großvater in dem armen Städtchen Gochsheim geboren, und ſein Urgroßvater in dem nämlichen fünfzig Jahre lang, zuletzt als „Kirchenrath", die Stelle des Geiſtlichen bekleidet hatte. Er hatte mit mir Karlsruhe, meine eigne Vaterſtadt, und von da aus, nach einem Abſtecher nach Straßburg, den Schwarzwald, beſonders die überaus romantiſchen Gegenden von Baden-Baden, Wildbad, Allerheiligen, Renchthal, Freiburg im Breisgau beſucht, und war zuletzt bis in die Schweiz gekommen, wo er ſeinem in Zürich wohnenden Oheim in deſſen Papeterie- und Luxuswaaren-Geſchäft während der Ferien ſich behilflich zu machen wußte. Ueberdies konnte es nicht ganz ohne Einfluß auf ſeine Lebensanſchauung bleiben, daß er Jahr für Jahr ſah, wie ſein Vater in Folge ſeines Berufes, theils um Vorträge und Vorleſungen zu halten, theils als Abgeordneter zu Verſammlungen und Beſprechungen, theils auch zur Stärkung ſeiner angegriffenen Geſundheit nach den verſchiedenſten Orten, näheren wie entfernteren, Reiſen unternehmen mußte. Und einen ähnlichen Einfluß übte wohl auch der Umſtand aus, daß er ſeinem Vater ſehr oft behilflich war bei der Verſendung ſeiner alle Monate erſcheinenden Hefte, welche unter dem Titel: „Es werde Licht!" nach den verſchiedenſten Orten in Deutſchland nicht nur, ſondern einzelne auch nach auswärts, nach der Schweiz, Italien, Paris, London, Newyork, San-Franzisko, zuletzt auch nach Cairo und Zanzibar gingen, und oft von ihm selber abbreſſirt wurden.

Was am meiſten jedoch ſeinen Wandertrieb erregt haben mag, das waren die in der zweiten Hälfte ſeines Hamburger Aufenthaltes zum erſtenmal auftauchenden Kolonial-Unternehmungen von Seiten unſrer Reichsregierung, zu welchen dieſe in erſter Linie gerade von Hamburger Handlungshäuſern veranlaßt war, und welche in dieſer Stadt deswegen am meiſten und am lebhafteſten in allen Kreiſen beſprochen wurden. Daß ſie von meinem Sohn in der allein richtigen, auf den ausreichenden Schutz deutſchen Handels in fremden Welttheilen, und unter dieſem Schutz auf die Förderung und Weiterentwicklung deſſelben ſich beſchränkenden Weiſe aufge= faßt wurden, dafür bürgt mir ſein aller Schwärmerei, und namentlich aller politiſchen oder nationalen Schwärmerei vollkommen fremder, faſt nur zu praktiſch-nüchterner Charakter. Wie Manche damals, und heute noch meinen, es handle ſich darum, das bei der Theilung früher Verſäumte nachzuholen, und die halbe Welt mit deutſchen Matroſen zu erobern, um im ſtolzen Gefühl der erſten Großmacht ſchwelgen zu können, das waren für ihn Dinge, die ganz außerhalb ſeines Geſichtskreiſes lagen.

Sehr nahe dagegen lag ihm der andere Gedanke, daß dieſe För= derung und Weiterentwicklung des Handels nothwendigerweiſe einen deſto größeren und nachhaltigeren Einfluß auf den geſammten Bildungs= zuſtand dieſer fremden, zum großen Theil aller Bildung noch ent= behrenden Völkerſtämme, ausüben werde, und daß es deswegen nicht ohne Verdienſt ſei, an dieſen Kolonialunternehmungen ſich perſönlich zu betheiligen.

Die nächſten und eigentlichſten Beweggründe freilich, die ihn beſtimmten, in dieſer weiten Ferne ſein Glück zu verſuchen, waren thatſächlich andere, und lagen tiefer. An dem Geſchäft, in welchem er arbeitete, — es war ein Engrosgeſchäft mit Jute, — hatte er Freude, und ſeine ganze Stellung ſeinem Principal gegenüber, ſowohl in finan= zieller als ſocialer Beziehung, konnte nicht angenehmer ſein; ſein Ge= halt war ausreichend, für den erſten Anfang mehr als ausreichend, und er hatte ſogar die ganz ſichere Ausſicht, mit der Zeit Theil am Geſchäft ſelbſt zu bekommen. Was ihm aber fehlte, war: vollkommen genügende, d. h. hinreichende Beſchäftigung, weil bereits vor ſeinem Eintritt das Perſonal auf dem Comptoir vollzählig war, und er den Eintritt vorzugsweiſe der Generoſität des ihm verwandten Principals zu danken hatte. Er fühlte das Bedürfniß, ſich als Kauf= mann ſowohl in den ſchriftlichen Arbeiten, als namentlich auch in

Kenntniß und Behandlung der Waaren weiter auszubilden, und gerade das verwandtschaftliche Verhältniß zu seinem Principal erschien ihm in seinem Streben nach weiterer Ausbildung, und ganz besonders auch nach selbstständigerer Entwicklung mehr ein Hemmniß als eine Förderung.

Nichts ahnend von dem, was bereits in der Gedankenwelt meines Sohnes sich vorzubereiten begonnen, hatte ich ihm in derselben Zeit, es war in der zweiten Hälfte des August 1884, von Tegernsee aus, wo ich nach vorausgegangener wiederholter Erkrankung mich zu meiner Erholung aufhielt, einen sehr ausführlichen und eindringlichen Brief geschrieben, in welchem ich mich über meinen Gesundheitszustand aussprach, und ihm die Befürchtung nicht vorenthielt, daß ich an eine vollkommene Herstellung wohl kaum mehr denken dürfe. Umsomehr sei es mir Bedürfniß, gerade ihm, als meinem einzigen Sohn, gegenüber mich auszusprechen, und ihm ans Herz zu legen, daß er sich bestrebe, „etwas Tüchtiges aus sich zu machen, damit er seiner Mutter und seinen Schwestern eine Stütze werde, wenn mir das nicht mehr möglich sei." Ich schloß meinen Brief mit den Worten: „Nicht wahr, du thust das? Das wäre mir eine große Beruhigung."

Wer es weiß, in welch wunderbarer Weise oft Gedanken und Entschlüsse in uns entstehen, wie das scheinbar Unbedeutendste, ein Wort, ein Blick, ein Händedruck, ein herzlicher oder auch ein herzloser, ein harmloser Scherz, ein Achselzucken — über unser ganzes Leben entscheidet, der wird mich verstehen, wenn ich die Vermuthung nicht ganz unterdrücken kann, daß umsomehr diese meine Worte, die mir die Besorgniß für meine Gesundheit und für die Zukunft der Meinen eingegeben, nicht nur überhaupt einen tiefen Eindruck auf meinen Sohn hervorgebracht, sondern daß gerade sie es waren, welche seinem Drang nach weiterer Ausbildung, und seinem Wunsch, in einer andern Stellung, an einem andern Ort, — gleichviel ob in der Heimath oder in der Fremde, — sich diese zu erwerben, eine bestimmtere Richtung und einen erhöhten Nachdruck gaben. Diese Vermuthung wird bestärkt durch das, was er selbst mir darauf erwidert hat. Denn unterm 26. August 1884 schrieb er mir nach Tegernsee, „daß er wohl wisse, wie schwer es mir werde, für die Existenz unserer großen Familie zu sorgen, daß überhaupt aber in allen Geschäftszweigen, auch dem seinigen, gegenwärtig die Aussichten nicht glänzend seien; umsomehr treibe es ihn, vorwärts zu kommen, und möglichst schnell, damit er mir gegenüber voll und ganz seine Pflicht erfüllen könne; und darum wolle er, was schon lange sein geheimer Wunsch, sobald als nur möglich, in die Welt hinaus, um sich dort Erfahrung und Routine zu erwerben."

Da ich fürchtete, daß namentlich der Gedanke, „möglichst schnell" vorwärts zu kommen, nur durch meine Aeußerungen hervorgerufen sei, beeilte ich mich, ihm dieses aufs Entschiedenste auszureden, und ihm auseinander zu setzen, daß nichts mir ferner gelegen, als ihn zu einer schnelleren Carrière anzuspornen, daß ich gar nicht anders denke, als er werde noch wenigstens ein, ja zwei Jahre in seiner jetzigen Stellung bleiben, nach Verlauf welcher Zeit ich ihm dann mit Freuden behilflich sein werde, sich auch in der großen Welt noch etwas umzusehen, um seine kaufmännische Ausbildung zu vollenden. Daß er zu wenig beschäftigt war, und daß gerade dieser Umstand schon seit längerer Zeit ihn an eine Aenderung seiner Stellung denken machte, das erfuhr ich von ihm erst in Folge weiterer Mittheilungen, worauf ich dann allerdings ihm erklärte, daß ich ihm die Freiheit seiner Entschließung lassen wolle, unter der Voraussetzung, daß er nichts übereile. Einige Tage später theilte er mir mit, daß, so schwer ihm dieser Schritt auch gefallen, er seinem Principal aus obigen Gründen um Entlassung aus dessen Dienst gebeten, und diese, wenn auch ungern, erhalten habe. Das Zeugniß, das er erhielt, lautete dahin, „daß er seinen Posten, mit seltener Pflichttreue, zur vollen Zufriedenheit ausgefüllt habe."

Nun aber handelte es sich für ihn darum, nicht zu lange ohne feste Stelle, und damit auch ohne die von ihm selbst so sehnlich gewünschte, ausreichende Beschäftigung zu sein, zumal ich ihn dringend gebeten hatte, lieber eine Zeit lang noch ins Elternhaus zurückzukehren, und von hier aus sich nach etwas ihm Zusagenden umzusehen, als beschäftigungslos oder zu wenig beschäftigt in einer Stadt wie Hamburg sich aufzuhalten.

Daß wir, seine Eltern, uns in einer nicht geringen Unruhe befanden, ist wohl sehr begreiflich, in dieser Zeit, wo es den Besten und Tüchtigsten schwer fällt, den rechten Platz für Verwerthung ihrer Kraft zu finden, ganz besonders aber auch im Hinblick auf die moralischen Gefahren, welche einem jungen Mann ohne bestimmte Beschäftigung in einer Stadt wie Hamburg auf allen Tritten drohen. Ueber diesen Punkt beruhigte uns allerdings die Mittheilung eines erprobten Freundes, in dessen Haus unser Sohn gastlich aufgenommen war, und dem wir unsre Besorgnisse geäußert; er schrieb uns, daß er diese nicht habe, daß bei der „durchaus unverdorbenen kindlichen Natur unsres Sohnes das gefährliche Hamburger Leben ihm nichts anhaben wird, auch schon deshalb, weil er es nicht nur nicht sucht, sondern weil er auch aus ökonomischen Gründen sich seine Grenzen ziehen wird." Was uns außerdem beruhigte, war, daß, Dank dem Uebereinkommen mit seinem Principal, zunächst seine Kasse ihm das Suchen nach einer andern Stellung in Hamburg selbst ermöglichte, und mehr als dieses die Ueberzeugung, die wir durch alle seine Briefe bestärkt fanden, daß es sich bei ihm um keinen unüberlegten Schritt gehandelt, daß er in der That Alles aufbot, um sobald als möglich sein Ziel zu erreichen, und daß er, im Bewußtsein der besten Absicht, welche ihn in diese Lage gebracht hatte, keinen Augenblick den Muth verlor.

„Macht Euch keine Sorgen um mich, schrieb er uns, ich bin mir meiner Verpflichtungen gegen Euch, liebe Eltern und Geschwister, vollkommen bewußt; ich würde den Schritt noch einmal thun, und wenn mir der doppelte Gehalt in meiner bisherigen Stellung geboten würde. Ich will arbeiten, ich will mehr arbeiten, ich will es für mich und für Euch, und ich werde mein Fortkommen finden, wenn nicht hier, so auswärts, und, wenn es nicht anders geht, auch überseeisch. Ich habe Muth, habt Ihr ihn mit mir! Ich werde beweisen, was einem jungen Menschen möglich ist, wenn er Willensstärke hat; wohin mein Weg mich auch führt, — ich werde als Mann wieder kommen!"

Das waren goldne Worte für Elternherzen, und sie beruhigten uns umsomehr, als wir zugleich wußten, daß er seine freien Stunden dazu benutzte, um sich in der Buchführung und in fremden Sprachen noch mehr zu vervollkommnen. In seinen Papieren finden sich noch die Abschriften einer großen Menge von Offertenbriefen, die er überall hin richtete, namentlich auch auf Empfehlungen des dortigen kaufmännischen Stellenvermittlungsbureau; außerdem machte er zu demselben Zweck viele persönliche Besuche, insbesondere auch zu Freunden und Bekannten von mir aus früheren Jahren, welche als angesehene Kaufleute in Hamburg ansässig waren, und an welche er von mir Empfehlungen hatte.

Nachdem sich mehrere sehr günstige Aussichten zerschlagen, — eine Stelle nahm er deswegen nicht an, weil er dadurch seinem bisherigen Principal Concurrenz hätte machen müssen, — wurde ihm von einem der ersten Geschäftshäuser Aussicht auf eine solche in Lagos, Westafrika, eröffnet, unter Bedingungen, die für einen jungen Mann, der doch noch Anfänger im Geschäft, sehr verlockend waren. Auf seine Anfrage, ob ich dazu meine Einwilligung gebe, glaubte ich nach dem, was ich über diesen Platz erfahren hatte, ihm diese aufs Entschiedenste aus Gesundheitsrücksichten vorenthalten zu müssen; und als ich nachher nach wiederholt eingezogenen näheren Erkundigungen, wenn auch mit Widerstreben, mich dazu doch bereit erklärte, war die Stelle vergeben. Durch diese Unterhandlungen war er nun aber, bei seinen wiederholten Besuchen auf der Börse, unter Andern auch mit dem Chef des Hauses Woermann bekannt geworden.

Es war gerade in jenen Tagen, wo wenige Wochen vorher durch Dr. Nachtigall an mehreren Stellen Westafrikas von der Goldküste bis hinunter nach Angra Pequena die deutsche Flagge war aufgehißt, und jene Länder, darunter auch das Kamerungebiet, unter den Schutz des deutschen Reiches waren gestellt worden. Dr. Flegels, des andern Afrika-Reisenden vielversprechende Berichte, besonders über das Innen- oder Hinterland von Kamerun, über die großen Aussichten, die sich hier, im Mittelpunkt Afrikas, für den deutschen Handel eröffnen, machten die Runde durch alle Zeitungen. Für die Deutschen in der Capstadt war Dr. Bieber, für die in Zanzibar Dr. Rohlfs zu General-Consuln ernannt; Admiral Knorr zum Befehlshaber des nach Westafrika bestimmten Geschwaders, bestehend aus den Kriegsschiffen „Bismarck", „Gneisenau", „Olga" und „Ariadne". Zur großen internationalen Kongoconferenz in Berlin, Deutschland und Frankreich Hand in Hand, waren die letzten Vorbereitungen getroffen.

Daß in dieser Zeit, wo thatsächlich aller Blicke, wenn auch mit den widersprechendsten Meinungen, nach diesem Afrika gerichtet waren, wo ein hiesiger Handelsherr, der seit einer Reihe von Jahren nach allen Welttheilen Geschäfte macht, und die Geschäftsverhältnisse aufs Allergründlichste kennt, mir selbst erklärt hat, daß der Handel nach Afrika die größte Zukunft habe, und er kein Bedenken tragen würde, seinen eignen Sohn dahin zu lassen, daß in dieser Zeit ein junger Mann, der in der Lage meines Sohnes ist, mit Freuden sich entschließt, in diesem „Land der Zukunft", wofür auch er es hielte, eine Stelle anzunehmen, wer könnte sich darüber wundern!

Mein Sohn hörte, daß auf den Faktoreien Woermanns in Kamerun eine Stelle frei sei, und da er sich schon vorher, als es sich um Lagos handelte, genauer nach diesen überseeischen Verhältnissen, namentlich auch dem Klima und dort vorkommenden Fiebern erkundigt, und die Ueberzeugung gewonnen hatte, daß es nicht so schlimm sei, wie die Meisten es sich vorstellen, so entschloß er sich sofort, um diese Stelle in Kamerun nachzusuchen.

Er erhielt sie unter etwas weniger günstigen Bedingungen, als es nach Lagos ihm angeboten war, aber für die erste Zeit ihm genügend, weil er das als verhältnißmäßig viel gesünder, — als „fast ganz gut" ihm geschilderte Klima in Rechnung brachte. Meiner Zustimmung glaubte er gerade aus letzterem Grunde um so gewisser zu sein, da ich sie ihm bereits für Lagos sogar schließlich gegeben hatte.

Und er irrte sich nicht, — ich gab sie ihm. Nachdem ich vorher wiederholt ihn gebeten, nichts zu übereilen, Alles genau zu prüfen, und keinen Schritt zu thun, ohne vorher mit seinen und meinen bewährten und der Verhältnisse kundigen Freunden und Bekannten sich besprochen und auch ihre Ansicht, ihren Rath gehört zu haben, glaubte ich ihm seine freie Entschließung lassen zu müssen, da ich sah, daß er sie faßte, nicht aus Leichtsinn, nicht aus Verzweiflung, sondern im besten, schönen Glauben an seine und unsre Zukunft.

Wie sehr er über das Klima sich erkundigt, und sich zum voraus ganz damit ausgesöhnt hatte, mag eine Stelle seiner Briefe beweisen, wo er uns schreibt: „Wenn ich auch vom Anfang an — entgegen den Zeitungsberichten — über Klima u. s. w. vollständig beruhigt war, so kann ich nun zu Eurer Beruhigung sagen, daß mir gestern noch ausdrücklich die Punkte genannt worden sind, von welchen die Erhaltung meiner Gesundheit abhängt, sie liegt ganz und einzig in meinen Händen: keine anstrengende körperliche Arbeit, höchste Mäßigkeit in geistigen Getränken, und trotz der Hitze unmittelbar auf den Leib flanellene, wollene Unterkleider. Ihr könnt deswegen, da Ihr und ich dies ganz zuverlässig wissen, mich ebenso ruhig nach Kamerun gehen sehen, wie nach Newyork oder Paris. Das Klima soll in einzelnen Jahreszeiten sehr gut sein."

Wir sahen freilich die Dinge etwas nüchterner an, und waren nicht so ganz außer Sorgen in dieser Beziehung, aber wir konnten auch die Furcht derer nicht theilen, welche eine Reise dahin unter allen Umständen für einen Gang zum Tode halten. Wir mußten uns, so schwer es uns fiel, darauf gefaßt machen, daß allerdings möglicherweise das Klima seinen gefährlichen Einfluß auch unserm Sohne gegenüber ausüben könne, aber wir mußten uns auch sagen, daß Krankheit und Tod überall auf uns lauern, und selbst da oft, wo wir am allerwenigsten es für möglich halten.

Der Grund aber, der, außer der Rücksicht auf die freie Entschließung unsres Sohnes über seine nächste Zukunft, am meisten und entschiedensten auf unsre Zustimmung einwirkte, war seine Gesundheit. Er hatte zeitlebens mit störenden Brustbeschwerden, Bronchial-

Katarrhen, zu kämpfen, ohne eigentlich krank auf der Lunge zu sein, und doch so sehr, daß während seines „Einjährig=Freiwilligen=Jahres", in welchem er wiederholt als unwohl oder krank beurlaubt war, ein Militärarzt, von dem er sich noch einmal untersuchen ließ, erklärte, „er begreife nicht, wie man ihn überhaupt als diensttauglich unter das Militär habe aufnehmen können."(!) Auf meine wiederholten, bringenden Schritte hin wurde er darum schließlich, mit dem oben bereits mitgetheilten ausgezeichneten Führungsattest, nach Ablauf seines Jahres zur Ersatzmannschaft als dienstunbrauchbar zurückgestellt. Noch während seines militärischen Dienstjahres war ihm aber wiederholt angerathen worden, eine Zeitlang in ein südlicheres Klima zu gehen, und diesem ärztlichen Rath glaubten wir Eltern jetzt dadurch nachzukommen, daß wir ihm unsre Zustimmung nach Kamerun nicht vorenthielten. Andre gehen nach Madeira, sagten wir uns, er geht noch etwas weiter in den Süden, — vielleicht ist dies das einzige und das sicherste Mittel, für sein ganzes Leben von seinem bisherigen Leiden ihn vollständig zu heilen.

Soll ich übrigens bei den Mittheilungen dieser Beweggründe ganz offen sein, so kann ich schließlich nicht verschweigen, daß meinerseits noch ein letzter mitentscheidend war, wenn auch nicht in derselben Stärke, wie die bereits genannten. Von meinem Sohne steht es fest, daß er den für ihn und uns so verhängnißvollen Entschluß gefaßt hat, nicht zum Wenigsten aus dem — sein Andenken uns um so theurer und unvergeßlicher machenden Grunde, weil er dadurch um so schneller glaubte, in Stand gesetzt zu werden, uns Eltern und seinen Schwestern eine Stütze zu sein. Er setzte sich mit jugendlichem Muthe über alle ihm bevorstehenden Gefahren hinweg, er unterschätzte sie, er glaubte nicht an sie, sein Drang, etwas aus sich zu machen, und seine kindliche Liebe beherrschten sein Denken und Thun. Ich aber, — das Bekenntniß kann ich nicht zurückhalten, — ich würde mich durch Alles nicht, auch nicht seine Gesundheit, und am Wenigsten durch übertriebene Erwartungen von unsrer Kolonialpolitik zu meiner Einwilligung haben bestimmen lassen, wenn nicht auch ich, unter dem Druck des Kampfes um's Dasein, mit einer gewissen Hoffnung auf Erleichterung in Tagen, wo Kopf und Hand mir müde sein werden, den Entschluß meines Sohnes betrachtet hätte. Für mich ist daher dieser sein Entschluß und Alles, was er mit ihm freudig, hoffend und vertrauend auf sich nahm, zugleich ein Opfer, ein Opfer, das ein braver Sohn seinen Eltern, seinen Geschwistern gebracht hat.

Wir sahen ihn vor seiner Abreise noch einige Tage bei uns; er wollte doch diese verhängnißvolle Reise nicht antreten, ohne sich noch persönlich von uns und seinen vielen Freunden verabschiedet zu haben. Er benutzte auch seinen kurzen hiesigen Aufenthalt, um sich, ohne uns etwas davon zu sagen, in eine Lebensversicherung aufnehmen zu lassen, was ihm freilich nicht gelang, weil die Gesellschaft, an die er sich wandte, auf solche Entfernungen keine Verträge eingeht. Der Agent, von dem ich dieses später erfuhr, konnte nicht Worte finden, um uns den rührenden Eindruck zu schildern, den es auf ihn machte, als er wiederholt ihm erklärte, für sich habe er keine Bedenken bei dieser Reise, aber es sei ihm um seiner Eltern und Geschwister willen zu thun.

Am 20. November 1884 verließ er uns. Am 24. frug ich ihn noch einmal, ob er bei seinem Entschluß beharre, ob er nicht doch in letzter Stunde noch es vorziehe, lieber einen Platz in der Heimath, wenigstens in Europa zu suchen, — er solle bedenken, daß er unser einziger Sohn sei! Sein Entschluß stand fest; und so nahmen wir noch einen letzten schriftlichen Abschied, in welchem ich ihn besonders auf die Behandlung des Fiebers aufmerksam machte, und ihm ernstlich rieth, nicht an Chinin sich zu gewöhnen, sondern durch einfache Anwendung von Wasser, Halbbad, Uebergießung, Einpackung in nasses Leintuch mit einer trockenen und wollenen Decke darüber, und besonders auch durch einfache Diät dasselbe zu bekämpfen und ihm vorzubeugen. Ich bat ihn, wenn er an seinem Bestimmungsort angekommen, sich unter seinen Collegen den besten auszusuchen, und an diesen sich zu halten. Und um ihm und zugleich uns durch Hervorhebung des höheren Gesichtspunktes den rechten Muth einzuflößen, schloß ich meinen Brief mit den Worten:

„Deinen Beruf betreffend wird dir für die vielen Entbehrungen eine große Entschädigung und Erhebung der Gedanke sein, daß du mit deinen Collegen für die Hineintragung einer edleren menschlichen Bildung in jene noch halbwilden Negerstämme arbeitest, daß du durch die Pflege der Handelsverbindung mithilfst, diese Menschen auf eine höhere Stufe zu heben. Je mehr ihr dabei es euch zur Aufgabe macht, diesen Menschen nichts zuzuführen, was sie schädigt, was sie an Leib und Leben verdirbt, desto mehr verdient eure Arbeit die Achtung Aller, welche ihre Mitmenschen lieben. Auf dem Congreß in Berlin ist es bereits zur Sprache gebracht worden, daß nicht nur dem Sklavenhandel noch entschiedener als bisher gesteuert werden soll, sondern auch der Einfuhr von Spirituosen, welche besonders die Portugiesen bisher aus bloßer Geldgier betrieben haben. Vorerst freilich hast du zu thun, was das Interesse deines Geschäftsherrn fordert; je pünktlicher und gewissenhafter, je treuer und redlicher du dich hierin beweisen wirst, desto besser für deine ganze Zukunft. Nach Allem, was ich in diesen Tagen erst über Westafrika gelesen, besonders nach den Verhandlungen des Congo-Congresses in Berlin, in dem Bericht von Stanley, geht dieses Land einer großen Zukunft entgegen. An dieser mitzuarbeiten, auf deinem bescheidenen Posten, das ist jetzt dein ehrenvoller Beruf.

So kannst du dir sagen: Mein Vater arbeitet durch Wort und Schrift, durch Belehrung und Aufklärung für Verbreitung höherer Bildung und humanerer Grundsätze, für endliche Verbrüderung und Versöhnung aller Menschen, — ich arbeite für höhere Bildung und Hebung niedrigstehender Menschenrassen durch Pflege des Handelsverkehrs, — wir beide sind Bahnbrecher, sind Pioniere einer bessern Zukunft!

Mit diesem schönen Gedanken nehme ich, nehmen wir Alle hier noch einmal Abschied von dir; er begleite dich auf deinem langen Wege! Und so denn „Mit Gott!", d. h. Alles, Alles Gute sei mit dir! Reise glücklich, bleibe gesund, bleibe brav und gut, und kehre als tüchtiger Mann zu Vater, Mutter und Geschwister glücklich wieder zurück!

Dein treuer Vater."

Sein letzter Brief von Hamburg enthielt die Worte: „Eure Briefe und Postkarten habe alle erhalten, — immer mit schwererem Herzen habe ich die neu angekommenen gelesen. — Nun erwarte ich keine mehr, denn die Stunden, die ich noch hier weile, sind gezählt."

Wir sandten ihm darauf noch eine Depesche: „Glückauf nach Afrika, als deutscher Pionier!" und am 5. Decbr. Morgens 9 Uhr erhielten wir die seine, lautend: „Im Moment des Einschiffens das letzte Lebewohl!".

Von Cuxhafen aus ließ er uns dann noch durch eine Postkarte, die er dem das Dampfschiff begleitenden Lootsen zur Besorgung mitgab, die Mittheilung zukommen, daß wir von Madeira aus, wenn sie dort angekommen, telegraphische Nachricht von seinem Hause in Hamburg erhalten werden.

Die Seereise von Hamburg nach Kamerun.
(5. Decbr. bis 30. Decbr. 1884.)
Aus dem Tagebuch meines Sohnes.

~~~~~~~~

Am Bord des Dampfer „Professor Wörmann".

5. Decbr. 1884.

Der grimmigen Kälte der ersten Decembertage war am 4. b. M. plötzlich Thauwetter gefolgt, so daß die Elbe am 5. ungeheure Mengen Treibeis mit sich führte, wodurch der Verkehr im Hamburger Hafen gänzlich gestört war. Unser Dampfer hatte am 4. Mittags 4 Uhr den Hafen verlassen, um elbabwärts bei Schulau, etwas unterhalb Blankenese, große Quantitäten Pulver einzunehmen, welches im Hamburger Hafen selbst nicht geladen werden darf. Am 5. in der Frühe sollten wir Passagiere, der Capitän und die Brief= und Packet=post nachbefördert werden. Punkt 8 Uhr Morgens waren wir an der St. Pauli=Landungsbrücke versammelt, und ein imposanter, für uns aber nichts Günstiges verheißender Anblick bot sich uns dar. Die ungeheuren Eismassen hatten sich gestaut, die Eisbrecher waren sämmt=lich festgefahren, die ganze Schifffahrt eingestellt. Da wir nicht voraus=sehen konnten, wie lange dieser Zustand dauerte, machten wir es uns im Fährhaus bequem, frühstückten und tranken mit dem einen unserer Chefs, Herr Barth, noch ein Glas Wein auf eine glückliche Reise. Euch sandte ich von hier aus das folgende Telegramm: „Im Moment der Einschiffung das letzte Lebewohl."

Nach und nach kam das Eis in Bewegung, das Fahrwasser wurde freier, und um ½12 Uhr konnten wir endlich unsern Schlepper be=steigen, der uns an Bord des „Professor" bringen sollte. Als letzter Abschiedsgruß wurde uns noch ein grüner Tannenbaum mitgegeben. Wir nahmen Abschied, der Schlepper setzte sich in Bewegung, und in wenigen Augenblicken waren Die, welche uns das Geleite gegeben, vor unsern Blicken verschwunden.

Gegen Mittag, nachdem wir uns mit äußerster Anstrengung hindurchgearbeitet, oft mehreremal gegen im Wege liegende Eisfelder angefahren, bis wir sie durchschneiden konnten, lagen wir an der Seite unsres Dampfers, auf welchem aber noch bis in den Abend hinein mit Einladen des Pulvers zu thun war. Um 10 Uhr legten wir uns schlafen, und zu meiner großen Ueberraschung so gut und bequem wie im besten Hotel.

6. Decbr. 1884.

Ein starkes Geräusch weckte mich frühzeitig, es war ¼ vor 6 Uhr; die Maschinen wurden in Gang gesetzt, die Anker gelichtet, und unsre Fahrt begann. Das Wetter war ziemlich klar, zeitweise Sturm, Regenschauer, und das Wasser der Elbe bei starkem Wind sehr bewegt. Während der ersten Stunde fuhren wir nur mit halber Kraft, da wegen der vielen Schiffe in unserer Nähe Vorsicht geboten war, und bald sollten diese Schiffe die einzigen Gegenstände sein, die sich unserem Auge darboten, da die Ufer der Elbe sich immer weiter zurückzogen. Hatte ich gestern mit freudiger Ueberraschung die auf dem rechten Ufer der Elbe malerisch liegenden Villen und Gärten mir betrachtet, so wurde es heute von Stunde zu Stunde schwieriger, die unmittelbar vor der Einmündung des Flusses in der Nordsee zerstreut an den Ufern liegenden kleinen Dörfer und Güter in der immer zunehmenden Entfernung zu erkennen. Am letzten „Feuerschiff" bei Cuxhaven setzten wir um 10 Uhr Morgens den Lootsen ab, und ihm gab ich, um mir den Abschied zu erleichtern, noch folgende mit Bleistift auf unserem Dampfer eiligst geschriebene Postkarte mit: „Cuxhaven 6./12. 84. Morgens. Telegramm habt Ihr erhalten. Die Ankunft des Dampfers in Madeira wird nach Hamburg telegraphisch gemeldet, und Euch sofort übermittelt. Briefe könnt Ihr jeden Tag absenden, wenn Ihr wollt; die englischen Schiffe gehen alle acht Tage. Der Lootse besorgt diese Karte, und nun — zum letztenmal Euch Allen meine innigsten Grüße, und ein Lebewohl! Abieu."

Als der Lootse uns verlassen, suchte ich begierig noch die letzten Anhaltspunkte, die letzten Bilder, die sich mir an meiner heimathlichen Küste darboten, recht fest zu erfassen und mir einzuprägen, und wenige Minuten genügten, — sie waren meinen Blicken entschwunden.

So nahm' ich denn nochmals Abschied von Euch, liebe Eltern und Geschwister, Abschied von meinem Vaterland, auf lange Zeit, und tröstete mich mit dem Gedanken, daß es deutscher Boden ist, der soeben meinem Gesichtskreis entschwunden, und deutscher, an dem ich wieder landen werde!

Wir befanden uns auf hoher See, Wasser und Luft unsre einzige Umgebung. Durch den zunehmenden Sturm gepeitscht, stürzten sich die Wellen über Bord, unser Dampfer wurde zur amerikanischen Schaukel, und der längere Aufenthalt im Salon und in der Kajüte war mir nicht länger möglich. Bereits um 1 Uhr Mittags stellten sich die ersten Anzeichen der lästigen Seekrankheit bei mir ein, nichts von dem, was ich zu mir genommen, blieb bei mir, neue Speise auch nur zu versuchen war mir eine Unmöglichkeit, und so verbrachte ich in der denkbar gräßlichsten Unbehaglichkeit diesen ersten Tag bei Sturm und Regen auf Deck, um doch wenigstens die frische Luft genießen zu können. Zeitig ging ich zu Bett, und ganz unerwarteter Weise schlief ich bald ein zu einem erquickenden Schlafe, trotz dem die ganze Nacht tobenden Sturm.

7. December 1884.

Heute war Sonntag; Sturm und Wellenschlag noch weit bedeutender, aber helles, heitres Wetter, und als besondere Vergünstigung ließ sich die Sonne selbst für einige Stunden sehen. Unser Dampfer wurde auf haushohe Wellen hinaufgetragen, um auf der andern Seite ebenso tief wieder hinabzugleiten, worauf ein so furchtbares Schwanken entstand, daß es mich zu keinem Besinnen kommen ließ. Dabei war es mir noch nicht möglich, etwas zu mir zu nehmen, der Aufenthalt auf Deck war aber doch etwas erträglicher als gestern. Die Einförmigkeit dieses ersten Sonntags auf der See wurde besonders durch folgendes Vorkommniß unterbrochen: Gegen Mittag kam ein Segelschiff in Sicht, welches durch eine Fahne signalisierte, daß es verirrt sei, und nicht wisse, wo es sich befinde. Sofort wurden ihm von uns durch Flaggensignale die Längen- und Breitengrade mitgetheilt, worauf es durch dreimaliges Auf- und Niederziehen einer Fahne zu erkennen gab, daß es uns verstanden und danke, und dann einen andern Kurs nahm, der es bald unsern Blicken entzog. Außer diesem Segelschiff bemerkten wir in größerer Entfernung mehrere Dampfer, ohne daß sich mit diesen etwas Bemerkenswerthes ereignete. Als es zu dunkeln anfing, legte ich mich, — schwer im Kopf und leer im Magen. Diese Nacht aber sollte eine schlimmere werden.

8. Decbr. 1884.

Der bisher tobende Sturm erreichte in ihr seinen Höhepunkt, und wir hatten direkt gegen ihn anzukämpfen. Die Sturzseen, welche Schlag auf Schlag über meiner Cabine auf das Halbdeck schlugen, ließen mich nicht zur Ruhe kommen, und dazu dieses unausgesetzte Schwanken und Schaukeln, für mich umso unerträglicher, der ich so leicht zu Schwindel geneigt bin. Mehrfach ertönte die unheimliche Dampfpfeife, als Warnungszeichen, weil es zugleich neblicht wurde, und andere Dampfer sich in unserer Nähe befanden.

Endlich kam der langersehnte Montag Morgen, und mit ihm wurde die See ruhiger. Ich fühle mich heute etwas wohler, lege mich aber bald wieder nieder, da es wegen fortwährenden Regens auf dem Verdecke nicht auszuhalten. Gegen Mittag hört dieser auf, und jetzt, nachdem ich volle 48 Stunden nichts zu mir genommen, mundet mir zum erstenmal wieder ein kleines Sardellenbrod, und ich wage mich hinauf aufs Verdeck. Mit der frischen Luft mehrt sich, da ich sehr schwach geworden, mein Appetit, und da das Brod bei mir geblieben, nehme ich noch eine Tasse Kaffee mit einigen Zwiebäcken, die mir ganz gut bekommen.

Links und rechts vor uns sehen wir mehrere große Dampfer, welche gleichen Kurs mit uns halten; wir sind noch auf der Nordsee, werden aber gegen Abend in den Canal einlaufen. Alle paar Stunden wird die Maschine gestoppt, um das Senkblei zur Messung in die Tiefe zu lassen („löthen").

Soeben ¹/₂5 Uhr Abends sind die ersten Umrisse der englischen Küste zu erkennen, aber leider fängt es schon an zu dunkeln. Um 5 Uhr erscheinen die großen elektrischen Leuchtthürme bei Foreland; rechts daneben liegt, durchs Perspektiv ganz deutlich zu erkennen, eine Stadt, — es soll Deal sein, mit hell erleuchteten Häusern und Straßen, und vervollständigt wird dieses wunderbare Nachtbild durch die zahllosen andern hellleuchtenden Wachfeuer, die nicht nur an der englischen sondern auch der französischen Küste immer deutlicher dem unbewaffneten Auge sichtbar werden. Am nächsten sind uns die von Calais; wir aber nehmen, nach Passiren eines Feuerschiffes, unsern Kurs nach der Küste Englands.

Punkt 7 Uhr Abends dampfen wir, in einer Entfernung von 1 bis 1¹/₂ englischen Meilen, an der Stadt Dover vorüber. Welch' ergreifend schönes Panorama ersteht vor unsern Blicken! Tief dunkle Nacht ringsum, im grellsten Gegensatz aber die hellerleuchtete Stadt, in friedlicher Stille vor uns liegend! Man sieht es deutlich an den stufenweise aufsteigenden Lichtern, daß sie am Berge liegt. Durch bengalische Flammensignale geben wir uns als „Professor Wörmann" zu erkennen, und noch diesen nämlichen Abend wird diese Meldung, als Beweis unsrer Ankunft, telegraphisch unserm Chefs übermittelt. Unsre Fahrt geht aber weiter; andre Städte tauchen hellbeleuchtet aus der Nacht auf: wir passiren Follestone, wo der „Große Kurfürst" liegt, und dann geht es zum Diner, das ich heute zum erstenmal wieder mitmache.

Bisher machte ich diese Notizen meist stehend, an die Wand gelehnt, oder sitzend, indem ich auf den Knieen mit meinem Bleistift schrieb, daher ich nur das Nothwendigste aufzeichnete. Jetzt, da ich mich wieder wohler fühle und in der Cajüte aufhalten kann, habe ich Manches nachzuholen, und will Euch zuerst mit meinen Reisegefährten bekannt machen. Es ist Capitän W., der für ein andres Hamburger Haus einen kleinen Dampfer an der afrikanischen Küste fahren soll, ein großer, starker Mann, der einen beneidenswerthen Appetit besitzt, denn er sieht nach jeder Mahlzeit auf die Uhr, und erwartet sehnsüchtig die nächstfolgende. Dabei meint er immer, wenn es nach ihm ginge, müßte unbedingt noch eine weitere Mahlzeit eingeschoben werden. Er ist verheirathet, und sonst ein sehr gemüthlicher Herr. Der Zweite ist mein College O., dem Alter nach gegen dreißig, eine kleine, unscheinbare Figur, aber kreuzfidel; er hat schon Vieles im Leben durchgemacht, und sucht nun sein Glück in Afrika. Der dritte und letzte Passagier bin ich, von dem Ihr wohl kein besonderes Signalement braucht. Der Capitän unsres Schiffes, mit Namen Meinertz, ist ein echter Seemann, zugeknöpft und wortkarg, will nicht gefragt sein, aber wenn er einmal zum Sprechen aufgelegt ist, uns Alle unterhaltend, weil er viel gesehen und erlebt. Außer ihm haben wir noch einen I. II. III. Offizier, I. II. III. Maschinisten, und im Ganzen 35 Matrosen.

Im hinteren Theil unseres Schiffes liegen die Cajüten, für 16 Passagiere Raum bietend, der Salon, d. h. Wohn= und Speisezimmer, eine Vorrathskammer, und das Arbeits= und Schlafzimmer des Capitäns; darunter im Schiffsraum ist der Proviant untergebracht. Im mittleren Theil des Schiffes befindet sich der Maschinenraum, die Wohnräume für die Offiziere und Maschinisten, die Küche und der Speiseraum für die Offiziere; drüber das Halbdeck, auf welchem Kartenhaus und Dampfsteuerung angebracht sind, und wieder über diesen die Commandobrücke, wo sich stets 2 Offiziere, der Boots= und Steuermann aufhalten müssen, und von welcher man das ganze Schiff übersieht. Im vorderen Theil des Schiffes sind die Wohnzimmer für die Matrosen, einige Maschinen für den Anker u. s. w. Wir Passagiere dürfen überall hin, wo wir wollen.

Bei den Mahlzeiten sind wir unsrer sechs Personen, Capitän, 3 Passagiere, erster Offizier und erster Maschinist, und für sie ist folgende Ordnung festgesetzt: 1. Morgens zwischen 6 und 7 Uhr Kaffee mit Zwieback, oder auch frischem Kuchen, oder Cakao. 2. 9 Uhr

erstes Frühstück, nämlich Beefsteak mit Eiern und Kartoffeln, Wurst=
aufschnitten, Butter, Käse, Brod und Kaffee. 3. ½1 Uhr zweites
Frühstück: Coteletts mit Kartoffeln, Caviar, Häringe, Sardinen,
Wurst, Schinken, Butter, Käse, Brod, Kaffe oder Thee, oder Wein.
4. 3 Uhr Kaffee mit Kuchen. 5. ½7 Uhr Diner: Suppe, zwei Fleisch=
gänge (Rindfleisch und Geflügel) mit Beilagen, oder Hühnerragout
und Braten, mit Gemüsen, gekochtem Obst, süße Mehlspeisen (Pudding,
Pfannkuchen, Weckschnitte u. s. w.), zum Schluß Früchte, neue Madeira=
Apfelsinen, die auf der Rückreise nach Hamburg schon mitgenommen
wurden, Feigen, Datteln, Mandeln und dergl. Ferner haben wir, als
Angestellte des Hauses, Getränke bis zum Betrag von 1 Mk. 50 Pfg.
pro Tag frei. Ich nehme gewöhnlich eine Flasche Rothwein, die nur
1 Mk. 25 Pfg. kostet, leichter aber reiner Wein, und bleibt dann noch
etwas übrig für besondere Gelegenheit, wenn man in Gesellschaft etwas
Besseres haben will; die Flasche Bier kostet 70 Pfg., ist aber zu warm.
6. 9 Uhr Abends folgt dann zum Beschluß noch Thee mit Cakes.

Da darf ich Euch wohl fragen, ob man das, wie der herkömm=
liche Ausdruck ist, „Verpflegung" nennen darf, oder ob es nicht passen=
der wäre, „Fütterung" zu sagen, wenn nicht noch besser „Schiffs=Mast=
anstalt"? Für heute will ich meinen Bericht schließen. Ich gehe noch
einmal auf Deck, und schaue zu, wie die im Lichterglanz strahlenden
menschlichen Wohnstätten an der Küste im Dunkel der Nacht allmählich
verschwinden. Brighton ist die letzte, die man in der Ferne liegen
sieht; noch einen Augenblick, und Alles um mich ist schwarz, nichts
mehr zu unterscheiden. Mein Auge ist müde geworden, ich lege mich,
und wünsche Euch und mir eine gute Nacht!

9. Decbr.

Seit wir uns im Canal befinden ist das Wasser viel ruhiger; ich
genese langsam und der Appetit kehrt vollständig wieder. Da ich der
Einzige bin, der seekrank wurde, so werde ich gehörig mitgenommen.
Der Abwechslung halber haben wir heute wieder Regen, die Tempe=
ratur aber ist für diese Jahreszeit ganz angenehm.

Unser Kurs ist mit dem Wind, südwest, und haben wir, um das
durch den Sturm und entgegengesetzten Wind Versäumte nachzuholen,
einige Segel eingesetzt; diese Verspätung betrug 15 Stunden. Gegen
Mittag läßt der Regen nach, die Sonne bricht durch, und wir befinden
uns auf der Höhe von Portland Bill, das aber selbst nicht sichtbar
wird. Um 4 Uhr erscheint die englische Küste wieder, wir sehen ganz
deutlich Dartmouth, und hinter ihm steigt im hellsten Sonnenschein
eine große Gebirgskette wie aus den Fluthen heraus, während in nächster

Nähe eine Anzahl englischer Fischerboote sich um uns herum tummeln. Wunderbar schnell verziehen sich die letzten Regenwolken, heiter lacht der Himmel, und im hellsten Sonnenschein grüßen uns die englischen Berge, in deren Anschauen ich mich lange, lange, wie träumend von der Heimath, verloren habe. Um 5 Uhr haben wir uns bis auf 10 englische Meilen der Küste bei Start Point genähert, wir sehen die steile Felsenwand eines Kreideberges, jäh ins Meer abfallend, und hier wird uns in der Beleuchtung durch die Abendsonne ein Schauspiel, wie ich es noch nicht erblickt habe. Gerne möchte ich es Euch schildern, aber dazu müßte ich Maler sein, und darum müßt ihr schon mit Andeutungen Euch begnügen. Wir steuern in diesem Augenblick Nordwestwest; das Meer hat eine tiefdunkelgrüne Färbung angenommen, seine Wellen bilden eine leichtgekräuselte Wasserfläche. Links von uns versank soeben die Sonne, und umzieht sich der Horizont mit einem breiten, tiefdunklen Rand in unregelmäßigen Formen; über diesem aber, so weit das Auge im Westen reicht, erhebt sich in wunderbarer Pracht das Abendroth, in abwechselnd helleren und schwächeren Farben bis zum schönsten Citronengelb. Rechts von uns der majestätische Gebirgszug, — die höchsten Gipfel noch schwach erglühend von der für uns schon untergegangenen Sonne, — mächtige Leuchtfeuer längs der ganzen Küste, und, zur Vollendung des prächtigen Bildes, die uns umgebende Wasserfläche wie in dunkles Gold getaucht! Das muß man sehen, beschreiben läßt es sich nicht.

Wir passiren jetzt Start Point, den äußersten südlichen Punkt einer kleinen Halbinsel, und nehmen von hier an südlichen Kurs, um nach der französischen Küste, und weiterhin zum spanischen Nordcap Finisterre zu kommen. Die Dunkelheit nimmt aber so schnell zu, daß ich meinen Stift niederlegen muß, es ist nichts mehr zu sehen.

10. und 11. Decbr.

Diese zwei Tage hatten wir Sturm, furchtbaren Sturm, gegen welchen der in den ersten Tagen ein schwacher Wind war; zu sehen nicht als Wasser und Luft. Im Gegensatz zur bisherigen schaukelnden Bewegung des Schiffes, die um die Quer- oder Breitenachse erfolgte, bald nach vorn bald nach hinten, drehte sich unser Schiff um seine Längenachse, bald nach der linken, bald nach der rechten Seite, weil uns der Wind vom Atlantischen Ozean her in die Flanke fuhr. Von allen Seiten schlugen mächtige Wellen über dem Schiff zusammen, so daß ein Aufenthalt auf Deck rein unmöglich war. Und über meine überstandene Seekrankheit hatte ich zu frühe gejubelt! Stellt es Euch vor: Alles im Salon, wo ich mich aufhielt, Lampen-, Flaschen- und

Gläsergestelle, es drehte sich und tanzte um mich herum, und dazu noch die eigene Bewegung, die selbst ein jeder mitmachen muß, wenn sich das Schiff oft so auf die Seite legt, daß die eine an 10 Fuß höher oder tiefer stand als die andre! Auf den Tischen konnte nichts mehr stehen; im Büffetzimmer flog Alles durcheinander, in der Küche hatte man Mühe, die Töpfe festzuhalten. Das war zum Rasendwerden! Essen konnte ich keinen Bissen, außer ein wenig trocknes, schwarzes, säuerliches Brod, das auf dem Schiff sehr schmackhaft gebacken wird, und wozu mir der erste Offizier aus seiner längeren Erfahrung gerathen hatte; dazu etwas Selterser=Wasser. Selbst im Bette liegend mußte ich mir kaum zu helfen, mußte mich mit Händen und Füßen anstemmen, um nicht herausgeworfen zu werden. Und zu dieser entsetzlichen Bewegung des Schiffes noch das unaufhörliche und immer stärker werdende Brüllen und Heulen des Sturmes, das Aechzen und Krachen der Mastbäume und der Takelage, am allermeisten das entsetzliche Klappern und Schlagen des Ruders, wenn das Schiff hinten aus dem Wasser gehoben wurde. Eine Beschreibung von dem Allen ist unmöglich; ich sage Euch nur, es war gräßlich! Von einer abwechselnden Wache, wie sie sonst regelmäßig stattfindet, konnte unter der Bemannung und den Offizieren namentlich keine Rede mehr sein, sie hatten alle bis auf den letzten Mann gleichzeitig zu thun. Da sah ich aber auch, was es für einen Eindruck macht, welche Beruhigung sich allen mittheilt, wenn der, welcher die Verantwortung und Leitung des Ganzen hat, wenn der Capitän ein Mann ist, wie der unsrige. Fest und ruhig, ohne die mindeste Besorgniß oder Furcht zu verrathen, stand er auf der Commandobrücke, und ertheilte seine Befehle. Das Einzige, was er uns sagte, was uns aber auch vollständig genug war, das waren die Worte: „Gestrenge Herren regieren nicht lange." Und mit dieser Hoffnung will ich jetzt mich zu legen suchen; möge der morgende Tag uns Besseres bringen!

12. Decbr.

Geschlafen habe ich nicht. Die Nacht war die schlimmste, die wir seit unsrer ganzen Reise hatten; der Sturm tobte bis zu dieser Stunde, aber es scheint, daß seine Wuth sich zu legen beginnt, — die Wolken fangen an sich etwas zu verziehen, — ja, es zeigt sich stellenweise blauer Himmel, und die Sonne, die wir zwei ganze Tage nicht mehr gesehen, sie durchbricht das Gewölke. Nach und nach beruhigt sich auch die See, und Alles, ich zuerst, wir athmen wieder frisch auf. Unser Kurs ging von der Nordwestspitze Frankreichs dem Golf von Biskaja entlang gegen die Nordküste von Spanien, und heute Morgen um 9 Uhr rief es zum ersten Male wieder „Land"! In einer Entfernung von ungefähr

25 Seemeilen ragen hohe, majestätische Gebirgszüge uns entgegen, es sind die asturischen Berge. Um 10 Uhr passiren wir Cap Finisterre, wo dieser Gebirgszug schroff ins Meer abfällt, aber wir nähern uns nicht weiter dem Lande, sondern steuern wieder mehr seewärts der portugiesischen Küste entlang, um in drei Tagen, ohne mehr Land zu sehen, in Madeira Anker zu werfen. Ich sage im Stillen Europa ein Lebewohl!

Nach diesem furchtbaren Sturme hat sich der Himmel wunderbar aufgeklärt. Der atlantische Ocean erglänzt wie in preußischem Blau, die Luft ist glockenrein, man fühlt, — wir nähern uns dem Süden! Zum ersten Male empfinde ich einen ganz auffallenden Temperaturunterschied, und entledige mich — am 12. Decbr.! — meines Winterüberziehers! Nachmittags saß ich mehrere Stunden auf dem hinteren Deck und las, und da unser Schiff jetzt ziemlich ruhig über die Wellen gleitet, so stellte sich bei mir auch ein größeres körperliches Behagen und Wohlsein ein, das mich in dem sturmgeschaukelten Schiffe fast ganz verlassen hatte. Während wir an den beiden stürmischen Tagen nur 4—5 Meilen in der Stunde zurückgelegt, laufen wir heute doppelt so schnell.

Abends bei Tisch konnte ich nur wenig zu mir nehmen, um meinem Magen nicht auf einmal zu viel zuzumuthen; der Capitän meinte, das sei schon recht, aber unsern Proviant brauche ich doch nicht zu schonen, ich solle mich nur mehr daran machen, sonst müsse er am Ende noch nach Hamburg davon zurückbringen. Gehörig abgemagert bin ich, aber das wird sich ja bald wieder geben, wenn mein natürlicher Appetit sich einstellt; an das Vielessen, wie ich's bei so Vielen um mich wahrnehme, gedenke ich nie mich zu gewöhnen. Möge jetzt nur unser Aller Wunsch sich erfüllen, daß wir für den Rest unsrer Reise anhaltend gutes Wetter bekommen!

13. Decbr.

So wäre die erste Woche unsrer Seereise glücklich überstanden! Weit, weit weg bin ich von Euch, Ihr lieben Eltern und Geschwister, aber je weiter wir kommen, desto mehr und desto inniger sind meine Gedanken bei Euch; desto mehr muß ich mich mit Euch beschäftigen. Wir haben heute herrliches, d. h. für unser Einen schon wahres Sommerwetter, wie aber mag es bei Euch aussehen, vielleicht Schnee und Eis! Wäre das Datum im Kalender nicht, ich ließe mir durch nichts einreden, daß wir in der Mitte des December sind.

Wie lange mag es noch dauern, bis ich die erste Nachricht von Euch in die Hand bekomme! Wie sehne ich mich darnach, zu erfahren, wie es Euch geht! Die letzten Nachrichten, die ihr mir noch nach Hamburg sandtet, waren ja nicht ganz erfreuliche, aber ich zweifle nicht daran, daß die Kleinen wieder ganz wohl, daß Alles im Hause wieder in Ordnung, und daß Ihr Euch von Euren Sorgen und Mühen ausruhen könnt.

Welch eine wohlthuende Wirkung übt doch ein solches Wetter, übt dieser Himmel auf Körper, Geist und Gemüth! Wie sonnig lacht die ganze Umgebung! Kann ich auch der großen Entfernung wegen, in der wir vorbeifahren, die vielen schönen Länder und Städte, nicht sehen, so begnüge ich mich gerne mit dem, was ich habe, sehe, und noch sehen werde. Madeira ist es ja, auf das wir lossteuern, und wollen nur hoffen, daß wir keine Quarantäne wegen der Cholera zu bestehen haben, und einlaufen und ans Land dürfen. Wo hätte ich das früher gedacht! Ja, ihr könnt mich beneiden, aber umso zufriedener bin ich auch! Wie gerne würde ich Euch gönnen, das Alles mit mir zu sehen, mit mir zu erleben, solch eine Reise zu Euerm Vergnügen machen zu können!

Ruhig und friedlich streicht unser Schiff durch die Wellen; die Oberfläche so spiegelglatt wie der Dutzendteich,*) aber so weit auch das Auge schweifen kann, nichts als Wasser und Wasser. Von Zeit zu Zeit tauchen am Horizont einige Masten auf, oder rauchende Schornsteine von Dampfern. Das ist Alles, was ich heute sehe, und doch machte es mich das Schreckliche der Seekrankheit schnell vergessen; möge meine Besserung nur eine dauernde sein! Das Sonderbarste ist, so schnell und plötzlich dieses Uebel sein Opfer überfällt, ebenso schnell verschwindet es wieder.

Es ist der erste Abend, den wir zusammen auf Deck zubringen; — wie wohlthuend wirkt nach dem sommerlich heißen Tag die kühle Brise, die er uns bringt! Ueber der enblosen Wasserfläche spannt sich ein prächtiger Sternenhimmel aus, so dicht besät, so rein, so hell, so wunderbar glänzend, wie ich ihn nie gesehen! Noch von meiner Schlafcabine aus kann ich ihn betrachten; der Mond als kleine Sichel scheint mir gerade durch die Lucke herein.

14. Decbr.

Heute ist der zweite Sonntag! Er beginnt mit einem prachtvollen Sonnenaufgang. Es ist ¼ nach 7 Uhr; Alles noch in düsterer Dämmerung, aber im Osten nimmt der Himmel eine leichte rosarothe Färbung an, die immer intensiver wird, und nicht lange, so gleiten die ersten

---

*) Eine Anzahl kleiner Seeen oder Teiche Nürnbergs, ein beliebter Ausflugsort, den er oft mit Eltern und Geschwistern besucht hatte.

Strahlen des großen Feuerballes über die wogende Meeresfläche dahin. Das Meer ringsum glänzt und glitzert, daß ein längeres Hinsehen unmöglich ist. Langsam und majestätisch und immer höher steigt die Sonne herauf, und scheint jetzt, als schwimme sie auf dem Wasserspiegel. Von dieser Minute an macht sich auch schon die von ihr ausgestrahlte Wärme fühlbar, und die Temperatur des Anfangs etwas kühlen Morgens nimmt zu.

Einer der Offiziere theilt uns soeben mit, daß wir heute Nacht Gibraltar, d. h. die Höhe von Gibraltar passirt haben, und uns unter dem 36. Breitengrade befinden. Der heutige Sonntag bietet sonst nichts besonders Neues, aber wie wohl und wie leicht fühle ich mich schon wieder in dieser wunderbaren Luft des Südens! Mit einiger Illusion könnte ich mich in einen jener schönen, mir unvergeßlichen Tage versetzt denken, die ich im vergangenen Herbst (1883) am Tegernsee zur Stärkung meiner Gesundheit verbrachte! Dort der große, grüne See, hier das unendliche blaue Meer, das so still und so friedlich wogt, daß man nicht glaubt, auf dem atlantischen Ocean zu sein, ich brauche mir nur die Berge, die majestätischen Berge mit ihren Wäldern und Felsen hinzuzudenken.

Morgen denken wir in Madeira einzutreffen; dann giebt es etwas zu berichten. Für heute will ich Euch nur unser Tags- und Sonntags-Menu mittheilen, damit Ihr seht, wie man auf unserm Schiff lebt, — mitten in dieser Wasserwüste.

Um ½7 Uhr tranken wir Kaffee mit Schiffscakes; um 9 Uhr gab es gebratenes und geräuchertes Schweinefleisch, mit Spiegeleiern und Kartoffeln, Mettwurst, Butter, Käse, Brod und wieder Kaffee; um ½1 Uhr gesalzene amerikanische Ochsenzunge (aus Blechdosen), frisch gekocht, mit Pickle-Sauce und Kartoffeln; ferner stand zur Wahl da: Hummern, Caviar, Sardinen, Anchovis, diverse Wurst, corned beef, Schinken, Käse, und zum — Hinunterschlemmen ein Glas Wein. Um 3 Uhr wieder Kaffee und Zwieback; um ½7 Uhr Abends Mittags= d. h. Hauptessen, nämlich: Krebssuppe mit Champignon und Klößchen, amerikanisches Roastbeef (aus Dosen), mit Rothkraut und Kartoffeln, Gansbraten mit Gurken, Mixed Pickles, eingemachte Früchte, gekochten Pudding mit Himbeersauce, Haselnüsse, getrocknete Trauben und Mandeln, und Butter und Käse — zur Verdauung!!! Um 9 Uhr der unvermeidliche Thee. Ueberflüssig ist es wohl, Euch ausdrücklich sagen, daß ich nie von Allem esse; ich wähle mir aus, was mir gut ist und schmeckt, denn große Bewegung kann man sich doch ja auf einem Schiff nicht machen; ich begreife nicht, wie Andre diese Mästung aushalten!

Obgleich Sonntag, so waren heute doch Capitän und Offiziere reich beschäftigt; sie hatten verschiedene Schriftstücke anzufertigen, die bei unsrer Ankunft in Madeira morgen gebraucht werden. Schlafen wir denn noch eine Nacht, — ich wünsche Euch Allen eine gute!

15. Decbr.

Kurz vor 7 Uhr war ich aufgestanden, und beim ersten Blick ins Freie fiel mein Blick wieder auf „Land"! Es ist die Insel Porto Santo, die wir in einer Entfernung von etwa 5 englischen Meilen passiren, uud von der ich auf der vorhergehenden Seite eine kleine Skizze für Euch gemacht habe.*) Man sieht fast nichts als nackte, kahle Felsen, kaum daß man mit dem Fernglas eine Stelle entdeckt, wo etwas Gras wächst. In der Mitte der Insel liegt die Stadt gleichen Namens, die eben noch zu sehen ist; sonst Alles kahl und todt.

Das Wetter ist wunderbar schön, und mir ganz unaussprechlich wohl! Wir haben noch 55 englische Meilen, und werden um Mittag in Madeira eintreffen; der Capitän aber hat große Befürchtungen wegen der Quarantäne. Noch haben wir Porto Santo nicht aus dem Gesicht verloren, — und siehe da, es ist 9 Uhr, und in der Ferne taucht Madeira aus dem Meeresspiegel empor! Soviel ich jetzt sehen kann, hohe, zerrissene Gebirgszüge; — noch ein wenig Geduld, und unser erstes Reiseziel wäre glücklich erreicht! Da ich mich sofort nach Abgang der Post erkundigen werde, um Euch diesen meinen Reisebericht bis zum heutigen Tag zuzusenden, so ist es mir vielleicht nicht möglich, über Madeira selbst etwas zu schreiben; in diesem Fall hole ichs in meinem nächsten Briefe nach, den ich Euch wohl von irgend einem südlichen Landungsplatze aus senden kann.

Hier die Skizze von Madeira selber, wie es sich uns nun ½1 Uhr darbietet: Links auf schroffen Felsen der Leuchtthurm, und in der Nähe ein stattliches, großes Gebäude, die Beobachtungsstation; nach der Mitte hin eine Anzahl Häuser, theils unten am Strande, theils höher hinauf am Bergabhang; rechts ein riesiges, von der Natur gebildetes Felsen=thor, unmittelbar vom Meer aus ins Land hineinführend. Eine Stunde später, und wir hatten eine ganz andere Ansicht dieses wunderschönen Eilandes. Es liegt jetzt seiner ganzen Länge nach, die etwa 15 Meilen beträgt, vor uns: die Gebirge, die sich bis zu 6000' erheben, theils nackt, theils bewaldet, und an deren Abhängen eine Reihe zerstreut liegender Ortschaften und einzelner Häuser und Gehöfte. Jetzt er=scheinen an einem der Abhänge die weithin sich ziehenden Weinberge,

---

*) Diese, wie die folgende von Madeira, war dem Berichte beigelegt.

die den kostbaren Malvasier und Dry-Madeira liefern, Alles in frischem, saftigem Grün; und dazwischen herauslugend diese kleinen, malerischen Weinhäuschen, gerade so, wie ich sie in Heidelberg, und auf unsrer Reise dahin in Heibronn gesehen. Ich habe nur den einen Wunsch, daß Ihr all diese Schönheiten und Herrlichkeiten der Natur, diese Sommerlandschaft des Südens, mit mir genießen könntet!

Wir umfahren die Spitze, worauf sich der Leuchtthurm befindet, und vor uns dehnt sich ein anderer Bergzug aus, ebenfalls sehr hoch, es ist die Südseite der Insel, auf welcher Funchal, die Hauptstadt liegt, auf deren Rhede wir jetzt zudampfen. Ich schließe für heute; sollten wir nicht ans Land dürfen, und ich den Bericht nicht selbst auf die Post geben können, so besorgt unsre Briefe jemand Anderes.

———

Auf der Rhede von Madeira.
15. Decbr.

Nur zu bald sollten unsre Befürchtungen wegen der Quarantäne sich verwirklichen. Eingelaufen in die Rhede hißten wir sofort die National- und die Comptoirflagge auf, ließen um $^1/_21$ Uhr den Anker fallen, und feuerten als Signal einen Kanonenschuß ab. Im Nu ruderten eine Anzahl Fischerboote auf uns zu, in denen Knaben saßen, die uns unaufhörlich zuriefen: give me six pences, und nicht eher ruhten, bis wir ihnen etwas Münze zuwarfen. Fiel diese ins Wasser, so sprangen sie nach, und holten sie wieder heraus. Es kam dann aber auch ein größeres Boot mit portugiesischer Flagge, das uns den Arzt brachte. Der Capitän, den in Hamburg ausgestellten Gesundheitspaß in der Hand, die Offiziere und wir Passagiere erwarteten ihn, und, nachdem er den Paß gelesen, erklärte er in ziemlich schlechtem Englisch, daß die Quarantäne zwar noch nicht ganz aufgehoben, aber doch auf nur drei Tage ermäßigt worden sei; erst nach Ablauf dieser Frist dürften wir ans Land. Darauf mußten wir sofort die gelbe Quarantäne-Flagge hissen; der Capitän beschloß aber, um keine Zeit zu verlieren, nur so lange sich aufzuhalten, bis wir 200 Tonnen Kohlen eingenommen, und damit war unsre schöne Hoffnung, Stadt und Insel näher uns anzuschauen, vollständig vernichtet. Briefe, die wir von hier aus heimsenden wollten, mußten wir sofort mitgeben, weil sie desinfizirt werden, und darum erhieltet ihr nur die wenigen Zeilen.*)

———

*) Diese hier gemeinten wenigen Zeilen, die wir als erste Nachricht von unserm Sohne selbst erhielten, gelangten gerade am Weihnachtsabend

Wenn Ihr Euch die Heidelberger Berge denkt, d. h. die nördliche, Neuenheimer Seite mit dem Philosophenberg oben und dem Heiligenberg, mit Ausnahme der höheren Theile Alles bepflanzt mit üppigen Reben, und über den ganzen langen Bergabhang sich hinziehend eine Stadt von 30 000 Einwohnern, dann habt Ihr ein ungefähres Bild von diesem vielgepriesenen Madeira, vor welchem wir jetzt in der Entfernung einer Neckarbreite in einem natürlichen Hafen liegen. Drei Mann in einem Kahn, der an unserm Dampfer befestigt ist, bewachen uns, und die 20—25 portugiesischen Arbeitsleute, welche uns die Kohlen einladen, dürfen während dieser Arbeit nicht ans Land, sondern müssen seit Wochen und Monaten auf einem verankerten Schiff campiren, wohin ihnen das Essen und alle ihre Bedürfnisse gebracht werden.

Hätte ich mich früher im Landschaftzeichnen geübt, statt in dem von Ornamenten und dem geometrischen, so möchte ich euch wohl ein Bild entwerfen von dem, was sich meinen Augen darbietet; so aber kann ich es kaum versuchen, — ich stehe stumm vor Entzücken, und weiß nicht, wie ich es anfangen soll, von diesen großartigen, überwältigenden Naturschönheiten Euch auch nur eine annähernde Vorstellung zu verschaffen.

Funchal, die Hauptstadt, liegt also an einer Bucht, die dicht bis ans Ufer ziemlich tief ist. An beiden Enden der Stadt, sowie an verschiedenen Punkten rings auf den Bergen sieht man starke Seebefestigungen, gekrönt mit Zinnen, — ich glaube, man nennt sie hier Citadellen. In der Mitte scheint das Gouvernementgebäude zu liegen, denn ich sehe einen Militärposten davor patrouilliren; in der Nähe

---

(25. Decbr.) in unsre Hände; die kurze telegraphische Nachricht von seiner Ankunft war uns aber am Tage selbst (15. Decbr.) mit den Worten: „Professor Wörmann heute Madeira angekommen. Wörmann." Durch gütige Vermittlung über Hamburg zugesandt worden. Der kurze Brief unsres Sohnes lautete: „Liebe Eltern und Geschwister! Von der glücklichen Ankunft unsres Dampfers auf diesem paradiesischen Eilande seid Ihr wohl telegraphisch unterrichtet worden; so sage ich Euch noch, daß mit ihm wir Alle, auch ich, gesund und wohlbehalten anlangten. Alles Nähere in meinen einliegenden Notizen. Bewahrt sie, bitte, gut auf! Wenn Ihr diese Zeilen noch vor Weihnachten bekommt, so wünsche ich Euch ein frohes Fest. An demselben wird wie immer in treuer Liebe Eurer Aller gedenken — Euer treuer Sohn und Bruder Carl Scholl. Madeira 15./12. 1884.

Hoffentlich ist Alles in Ordnung, und Ihr Alle wohl. „Meine innigsten Grüße vom Endpunkte der Wohnstätten civilisirter Menschen sende ich Euch — in Eile."

steht ein Nonnenkloster, ganz ohne Fenster; eine Anzahl Häuser mit eigenthümlichen Thürmen, vielleicht Kirchen darunter; da und dort, und manche sehr hoch oben, vereinzelte sehr schöne Villen; außerdem eine Menge meist roth oder gelb angestrichene einfache Häuser, von Gärten umgeben. Diese Gärten sind es ganz besonders, welche diesem Landschaftsbilde seinen eigenthümlichen, wahrhaft bezaubernden Reiz geben. Da sieht man Lorbeer, Orangen, Cypressen, sogar einzelne Palmen, Bananen, und alle unsre heimischen Obstbäume, und das Alles und die Weinberge oben und unten in hellem, frischem, saftigem Grün. Wald ist wenig da, oder nur ganz junger; kolossale Felsen und Felswände, oben auf ihren Spitzen geebnet und mit künstlichen Mauern versehen, fallen steil und jäh ins Meer ab; die Berge, manche bis zu 6000' sich erhebend, ragen hoch in die Wolken hinein.

Gleich bei unsrer Ankunft auf der Rhede hörten wir, daß die Leute in Funchal sehr über schlechte Geschäfte klagen, da die Passagiere nicht landen dürfen und nichts verkauft wird. Wir benutzen die wenigen Stunden unsres Aufenthaltes, um, unter der Aufsicht der portugiesischen Zollbeamten, die auch Niemand vom Lande aus auf unser Schiff lassen, unsern Proviant etwas zu erneuern. Wir kaufen junge Gemüse, Aepfel, Birnen, Bananen, Apfelsinen, Salat, Fleisch, Geflügel, Kartoffeln, Zwiebeln u. a., Alles zu ganz enormen Preisen.

Mit Eintritt der Nacht verändert sich das Bild; die Stadt ist hell nach allen Richtungen hin erleuchtet, es sieht so festlich aus, als wären sie illuminirt.

Einschlafen konnte ich lange nicht; es scheint, die gewaltigen Eindrücke des Vielen und wunderbar Schönen, was ich heute gesehen, waren schuld daran, ganz gewiß aber auch das Vermissen der Bewegung und des Geräusches, welches durch den Gang des Dampfers verursacht wird, und woran ich mich in den Tagen bisher schon ganz gewöhnt hatte. Dazu kamen, aufgeweckt durch die mich umgebenden Bilder, eine Menge Gedanken und Erinnerungen, so daß ich erst sehr spät vom Schlaf übermannt wurde.

Madeira, 16. Decbr.

Aergerlich, wie ich einschlief, darüber, daß wir vor Madeira liegen müssen, und die Insel nicht betreten dürfen, so erwachte ich auch wieder; doppelt verstimmt aber machte mich noch überdies der Umstand, daß es heute auf unserm Deck höchst ungemüthlich aussieht, weil die Leute noch mit dem Einladen der Kohlen beschäftigt sind, und es so fürchterlich rußt, daß ein Aufenthalt droben ganz unmöglich ist. So bleibe ich in der Cajüte, und erquicke mich von hier aus am wiederholten

Anblick des Eilandes, das auch von hier aus sich in seiner wunderbaren Schönheit zeigt, und mich nur bedauern läßt, daß Ihr, meine lieben Eltern und Geschwister, nicht bei mir seid und Euch mit mir an diesem Anblick freuet und labet. Für Euch und mich hätte ich gern eine Photographie mir verschafft; ich spürte endlich einen der Angestellten unsres hiesigen Agenten auf, der mir versprach, Jemand mit diesen Photographieen zur Auswahl an Bord zu senden, auch einige sonstige Gegenstände, die ich sehr nöthig brauchte, sollte dieser mir mitbringen, aber der gute Mann kam nicht, — die Zoll- und Quarantäne-Wächter werden es ihm nicht erlaubt haben.

Gegen Mittag traf ein englischer Postdampfer mit vielen Leuten von London ein, und diese wurden — warum, weiß ich nicht, — zur Erhöhung unsrer ärgerlichen Stimmung nicht unter Quarantäne gelegt. Wir waren aber auch jetzt die längste Zeit hier; bis 3 Uhr Nachmittags sollte Alles „klar gemacht" sein. Wir gaben um diese Stunde durch aufgehißte Flaggensignale zu erkennen, daß wir bald auslaufen wollen, und daß alle die, welche noch etwas zu thun haben, an Bord kommen sollen. Unser Agent kam noch einmal mit einem Blechkasten, in welchem sich die Papiere befanden, die wir zur Weiterreise benöthigen, Rechnungen über Proviant, und Briefe für die Küste. Als der Capitän den Kasten mit einigen andern Papieren zurückgeben wollte, nahm ihn der Zollinspektor demselben ab, der in einem besondern Boote gekommen war, durchsuchte ihn, und gab ihn dann erst dem Agenten wieder. Um 3 Uhr lichteten wir die Anker, und — fort ging es — nach Afrika!

Am Bord, 17. Decbr. 1884.

Gestern Abend beobachteten wir zum ersten Mal das merkwürdige Meeresleuchten. Auf beiden Seiten des Schiffes und besonders in dessen Kielwasser, wo die Wellen in tausend kleinen Ringen und Strudeln zurückfließen, erschienen zahllose hellleuchtende Punkte, als ob das Wasser von Millionen Leuchtkäfern wimmle, aber sie schienen weit größer, als diese. Nachdem wir uns lange daran satt gesehen, entspann sich eine sehr lebhafte Unterhaltung über die eigentliche Ursache dieser Erscheinung. Jeder hatte eine andre Erklärung dafür gelesen oder sich selbst ausgedacht, und noch bei Tische, als wir alle beisammen saßen, half auch der Capitän mit, aber einigen konnten wir uns nicht. Ist es bloß die Folge der mechanischen Reibung, wenn der Kiel des Schiffes die Wogen durchschneidet, oder sind es, wie doch jetzt meistens angenommen wird, die Massen von Infusorien, Physaliden, Nereiden, Medusen, Quallen und wie sie alle heißen, die durch den Gang des Schiffes in größere Bewegung versetzt werden, und in Folge dessen die ihnen innewohnende Leuchtkraft entwickeln?

Wir befinden uns heute schon unter dem 30. Breitegrad, aber auffallender Weise ist wenig davon zu verspüren, — es weht ein sehr kühler Ostwind. — Heute Nachmittag fahren wir zwischen den Canarischen Inseln hindurch; im Westen, rechts von uns, Palma, im Osten, zu unsrer Linken, Gran Canaria, Teneriffa u. a. Besonders die letztere zieht unsre besondere Aufmerksamkeit auf sich; wir passiren sie in einer Entfernung von 30 Seemeilen. Hoch in die Lüfte ragt der 12000' hohe Pic, den ich in der Schule gelernt, jetzt wirklich, in seiner majestätischen Gestalt vor mir sehe. Seine untere Hälfte ist durch Nebel und Wolken vollständig den Blicken entzogen, um so reiner und klarer hebt sich seine Spitze über die Wolken empor, ein kolossaler, mit Schnee bedeckter Kegel, strahlend im prächtigsten Sonnenschein.

Gegen Abend flog eine fliegender Fisch an Bord, Form wie ein Häring, etwa 1½' lang; seine Flügel gleichen großen Flossen, und ihre Flugweite beträgt ebenfalls etwa 1½'. Er stieß im Fliegen auf unserm Verdeck sich an, und war sofort todt. Auch einige andre, sehr große Fische, grünschimmernde Delphine und Thunfische umschwimmen unser Schiff und tauchten wiederholt mit ihren Köpfen aus dem Wasser hervor. Sonst heute nichts Neues.

23. Decbr.

Eine ganze Woche ist vergangen, seit wir Madeira verließen, aber es war eine recht langweilige Woche; wir bekamen weder Land noch sonst etwas zu sehen, daher ich auch nichts von ihr zu berichten habe, als daß nach den vorhergehenden ziemlich kühlen Tagen, die Temperatur bedeutend stieg, und daß wir heute 30° R. haben, eine Hitze, wie in unserm heißesten Sommer. Nach und nach lege ich die warmen Kleider ab, und hole mir die leichteren hervor, halte mich aber aus Vorsicht doch immer so, daß ich, wenn nöthig, noch mehr weglassen kann, besonders, wenn wir ans Land kommen, wo wir der kühlenden Brisen meistens entbehren müssen. Eine kleine Wohlthat gewährt bei dieser Hitze ein Bad, das ich dreimal nehme, davon immer eines vor der Mahlzeit, um Appetit zu bekommen. Wir haben nämlich ein sehr schönes Badezimmer, in welches von der Maschinenpumpe vom Meer aus das Seewasser hineingeleitet wird, dieses ist aber schon so warm, — es hat heute über 20° R., so daß es kaum mehr eine Erfrischung hervorbringt.

Heute Abend oder Nacht denken wir endlich ans Land zu kommen; unser Kurs geht auf Monrovia. Sonst laufen die Schiffe gewöhnlich vorher noch die Stationen Gorée beim Cap Vert an, und Rufisque; wir haben sie, wie unser wortkarger Capitän uns heute erst auf Befragen, weil uns die Zeit zu lange wurde, mittheilt, übersprungen, und in Folge dessen wird die Dauer unsrer ganzen Reise eine bedeutend kürzere werden. Wahrscheinlich gehn wir von Monrovia ohne weiteres Anlaufen direkt nach Kamerun. Das Geheimhalten der nächsten Landungsplätze ist übrigens, besonders der Schiffsmannschaft gegenüber, Brauch auf der See.

Auffallender Weise ist diese augenblicklich spiegelglatt; unser Schiff bewegt sich so ruhig, als ob wir auf der Alster in Hamburg spazieren fahren. Große Spring= und Schweinsfische kommen an die Oberfläche, ihre Flossen glänzen wie Silber, und ungeheure Schaaren kleiner, schwarzer Vögel verkünden uns die Nähe des Landes.

Des gefährlichen Fahrwassers wegen zieht der Capitän vor, die Nacht über auf hoher See zu bleiben und nur mit halber Kraft zu fahren, daher wir jetzt erst morgen in der Frühe Monrovia erreichen werden.

Monrovia, 24. Decmbr.

Mit Tagesanbruch erblickten wir die afrikanische Küste, sie war uns ganz nahe. Wie es scheint, sind es nur niedrige Sandhügel, die sich in großer Ausdehnung hinziehn; über ihnen liegt ein heller Luftstreifen, erhitzt von der Gluth der tropischen Sonnenstrahlen.

Und hier sollen wir Weihnachten feiern, hier in erdrückender Hitze, während bei Euch wohl eisige Kälte!

Nicht lange, und wir sehen Monrovia, die Hauptstadt der Negerrepublik Liberia, und in ihrem Hafen zwei Dampfer, deren einen wir sofort als ein Kriegsschiff, ein deutsches, erkennen. Von ihnen wie von uns werden die Flaggen gehißt, die üblichen Salutschüsse gewechselt, und um ¹/₄10 Uhr werfen wir die Anker. Das Kriegsschiff ist unsre Ariadne; es sendet uns sofort in einer Ruderbarke seinen Commandanten und zwei Offiziere an Bord, und wir werden von ihnen aufs Freundlichste begrüßt. Eine äußerst lebhafte Unterhaltung entspinnt sich; sie fragen und erkundigen sich nach den neuesten Ereignissen, nach den Tagesneuigkeiten, den Verhandlungen im Reichstag, und wir trinken mit ihnen aufs Wohl des Vaterlandes und seine neubegonnenen Colonial=Unternehmungen ein Glas von unserm mitgebrachten, leider spühlwasserwarmen, Hamburger Exportbier, bei 35° Hitze! In unsrer freudig erregten Stimmung *) hat es uns herrlich

---

*) Von den gerade in diese Tagen fallenden blutigen Ereignissen in Kamerun wußten somit beide Theile noch keine Silbe.

geschmeckt. Inzwischen sind auch die Vertreter unsrer Firma, der Chef der Handelsniederlassung in Liberia, der denselben Namen wie unsrer in Kamerun trägt, Herr Schmidt, und einer seiner Angestellten an Bord gekommen. Sie begrüßen uns im Namen unsres Hauses, und nehmen lebhaften Antheil an unsrer Unterhaltung.

Der zweite der im Hafen liegende Dampfer ist der „Adler", also auch einer der unsern; er ist vom Bremer Lloyd gemiethet, mit deutscher Seemannschaft besetzt, und fährt den Proviant für das westafrikanische Geschwader. Auch von ihm kommt der erste Offizier, und erbittet sich einige Körbe Kartoffeln, die ihnen ausgegangen, einige Kisten Bier und Wein u. a. Sämmtliche Marineoffiziere sind sehr feine, gebildete Herren, von ausnehmender Liebenswürdigkeit.

Einige Stunden haben wir uns mit ihnen aufs Angenehmste verplaudert, — es war uns Allen ein großes Bedürfniß gewesen, und vollbefriedigt trennen wir uns wie alte, längst einander Bekannte. Die Vertreter unsres Hauses aber bleiben, und nehmen an unserm Frühstück Theil, bei welchem wir uns im Hinblick auf das heute Abend beginnende Fest gegenseitig mit einem guten Glas Rheinwein mit Selterswasser regaliren.

Da unser Aufenthalt nur wenige Stunden dauern sollte, wir aber der Umständlichkeit halber nicht landen, so gab ich mir Mühe, vom Deck aus, so gut als möglich mir die nächste Umgebung etwas genauer zu betrachten. Wir ankern in einer kleinen Bucht, in deren Hintergrund, theils dicht am Strand, theils dem nicht sehr hohen Hügelzug entlang die Stadt Monrovia liegt. Die Küste ist ziemlich bewachsen, und hier sehe ich zum ersten Male, nach den vereinzelten auf Madeira, ganze Wälder von Palmen, untermischt mit niedrigerem Gesträuch, was einen äußerst freundlichen Eindruck macht. Häuser sehe ich mehrere große, wie in unsern Städten, es sind die Wohnungen des Präsidenten, der Minister, mehrere Consulatsgebäude, welche alle geflaggt haben, und dazwischen kleine Negerhütten, aus Holz und Gesträuch errichtet, und mit dem gleichen Material bedeckt.

Die einzige Unterbrechung, welche die langgestreckte, flache Küste erleidet, ist ein Hügel, dicht bewaldet mit frischem Grün, auf welchem ein Leuchtfeuer angebracht ist.

Die ganze Bucht, in der wir ankern, wimmelte von Canoes, — Boote, die aus ausgehöhlten, dicken Baumstämmen verfertigt sind, und eine Länge von 15—20', eine Breite von 1' haben. Diese Boote zu rudern, — was ihres ganz schmalen Baues wegen, weil immer das

Gleichgewicht erhalten werden muß, sehr schwer ist, — haben die Kru-Neger eine ganz besondere Gewandtheit, welche am Cap Palmas zu Hause und über die ganze Küste von Guinea verbreitet sind, und die ich gerade am heutigen Tage in allernächster Nähe kennen lernen sollte.

Wir haben nämlich Güter an Bord für Kamerun, und die südlicher gelegenen Stationen von Gaboon, Eloby u. a.; unsre Matrosen sind aber in dieser tropischen Hitze nicht im Stand, viel zu arbeiten, daher wir von diesen Negern eine Anzahl in Dienst nehmen müssen, zum Löschen, Laden, Heizen, Kohlentragen u. s. w. Sie erhalten dafür pro Tag 1 Schilling und ihr Essen. In Liberia existirt nämlich kein Tauschhandel mehr, wie in Kamerun, sondern englisches Geld.

Wir waren nun noch nicht lange vor Anker gegangen, als eine ganze Schaar dieser Schwarzen auf unser Schiff kam, und das ganze Deck von diesen häßlichen Gestalten wimmelte. Einige von ihnen, die sich durch besondre, gewählte Kleidung, Ringe an Armen und Füßen, an Fingern und Ohren, auszeichneten, waren „Agenten", oder Stellenvermittler. Mit diesen, die ein gebrochenes Englisch sprechen, verhandelte unser Capitän; er wählte sich Einen, den sie ihren head-Mann nennen, und dieser verschaffte uns dann 36 dieser Kru-boys. Sie sprechen, da fortwährend fast die nämlichen immer auf den Schiffen beschäftigt werden, alle ohne Ausnahme etwas Englisch, d. h. nicht in zusammenhängenden Sätzen, sondern lose, nebeneinander gereihte Worte, deren Sinn man ganz gut verstehen kann: wenn wir dagegen im richtigen Englisch mit ihnen sprechen, so verstehen sie das gerade so wenig als unser Deutsch. Unter sich selbst sprechen sie ihre heimische Negersprache.

Der Körperbau dieser Leute ist ein sehr muskulöser, kräftiger; es sind unter ihnen von jedem Alter und jeder Größe; ihre Farbe ist nicht schwarz, sondern kaffeebraun, und ihre Haut glänzt, als wenn sie geölt wäre; Kopf schmal, Gesicht fleischig, Haare schwarz, kraus und ganz kurz. Ihre Kleidung ist sehr verschieden; manche tragen eine Art Schwimmhosen, dazu ein Hemd oder eine Unterjacke, aber selten, daß eines dieser Stücke ganz ist, meistens zerfetzt; Andere tragen eine lange Unterhose, auch Pumphosen, um den Hals ein farbiges Tuch, Mützen, Filz- und Strohhüte von allen Formen.

Allmählich rückte die Zeit unsrer Abfahrt heran. Wir kauften noch für eine Flasche Rhum und ein Stück Fleisch eine Partie Fische, die zum Weihnachtsessen auf unsern Tisch sollten, gaben unsre Briefe ab, und gegen drei Uhr war Alles erledigt. Wir lichteten die Anker und unter abermaligen Salutschüssen von uns und von der „Ariadne" dampften wir ab nach Kamerun.

Die „Ariadne" bleibt nur noch so lange hier, bis sie für ihre Reise nach dem Süden weitere Befehle in Händen hat, welche ihr durch unsern andern Dampfer, Erna, der ganz neu erbaut, seine erste Fahrt macht und 6 Tage vor uns schon Hamburg verlassen, überbracht werden.

(Der Brief unsres Sohnes, den er von hier aus mit dem bis dahin reichenden Tagebuchberichte uns sandte, lautete:)

Monrovia, 24. Decbr. 84. Goldküste. Ankunft Morgens ¼10 Uhr.

„Liebe Eltern! Acht Tage sind vergangen, seit ich Euch von Madeira aus schrieb. Diesen Brief, er war am 15. aufgegeben, habt Ihr wohl längst erhalten, und heute ist das schöne Weihnachtsfest herangekommen. Begierig bin ich, von Euch darüber zu hören; hoffentlich seid Ihr Alle in der heitersten Stimmung, und ein Brief von Euch Lieben wird wohl unterwegs sein, worin Ihr mir Eure Geschenke mittheilt. Wir sind heute hier angekommen, werden aber vor Abend wieder weggehn, und verbringen das „heilige Christfest" zwischen Himmel und Wasser.

Es ist noch unbestimmt, aber vielleicht sind wir am Ende des Jahres nicht mehr weit von unserm Ziel. Ja, am Ende eines Jahres wären wir wieder angelangt! Gerade in den letzten Tagen hatte ich so manchmal Zeit, darüber nachzudenken, wie Alles gekommen! Der letzte Jahreswechsel schon hatte mein Geschick verändert, als ich Euch verließ, und zum ersten Male, entfernt von Euch, in meinem Berufe mich weiter auszubilden suchte. Der jetzige bringt eine weit größere und ernstere Wendung in meinen Lebenslauf*), aber, da es meine eigene, freie Entschließung, so werde ich auch jederzeit damit zufrieden sein.

Euch aber, meinen guten Eltern, und Euch Allen, Ihr lieben großen und kleinen Schwestern, meinen herzlichsten Glückwunsch für das neue Jahr! Möget Ihr es glücklich und in bestem Wohlsein begonnen haben, und besser und ungetrübter, wie das vergangene verleben! Lebet Alle wohl, seid und bleibt gesund, wie es ist Euer Euch liebender, dankbarer Sohn Carl Scholl..."

(Dieser Brief war nach 18 Tagen, am 11. Januar 1885 in unsre Hände gekommen.)

---

*) Ob er bei diesen Worten sich wohl auch die Möglichkeit eines so frühen Todes vorgehalten?

Fortsetzung des Reiseberichtes.

Wir haben bisher im Ganzen, die stürmischen Tage mitgerechnet, eine außerordentlich schnelle Fahrt gemacht, und ist es vielleicht der Wunsch unsres Chefs, im Hinblick auf die gegenwärtigen Reichstags-Verhandlungen zu zeigen, was seine Schiffe leisten können. Wie mag es wohl mit der Subvention der Postdampfer stehen? Ist sie angenommen? Läßt Herr Woermann seine Linie subventioniren? Ich für meinen Theil zweifle stark an der Annahme.

Monrovia beginnt aus unserm Gesichtskreis zu verschwinden; wir fahren abwechselnd in bald kleinerer, bald größerer Entfernung von der Küste nach meinem Bestimmungsort. Die Nachmittagsstunden verbringe ich heute damit, daß ich auf Wunsch des Capitäns mit meinem neuen Collegen, Herrn O., unsern, von Hamburg mitgebrachten, Christbaum schmücke. Wir haben eine große Schachtel Confect, Flitter und alles Mögliche, was noch dazu gehört, und Ihr hättet Eure Freude daran, zu sehen, wie schön wir unsern Baum herausputzen. Damit wir mitten in dieser tropischen Natur, wo uns von der Küste her der üppigste Pflanzenwuchs entgegenlacht, doch auch etwas Schnee vor Augen haben, bestreuten wir ihn zuletzt noch mit den Papierschnitzeln, welche zwischen dem Confect in der Schachtel gelegen hatten. Er wurde aufgestellt im Cajütensalon, an der Stelle, wo dieser eine Erhöhung hat, um mehr Licht und Luft einzulassen.

Abends ½7 Uhr, wo wir zum Mittagessen gehen, zündeten wir die Lichter an; auch bei Euch werden sie um diese nämliche Stunde noch brennen, umringt von meinen lieben Geschwistern, an deren Vergnügen Ihr, liebe Eltern, sicher auch Eure Freude habt. Ob Ihr wohl den Weihnachtsgruß erhalten, den ich noch vor meiner Abreise in Hamburg, Vormittags durch einen meiner Freunde für Euch bestellt habe? *)

Als unser kleines Häuflein, wir drei Passagiere mit dem Capitän, dem ersten Offizier und ersten Maschinist versammelt waren, herrschte eine rührend feierliche Stille. Jeder war mit seinen Gedanken und seinen Erinnerungen in der Heimath, bei den Seinen, und Keiner wagte es, den Andern zu stören, bis der Steward wiederholt an die

---

*) Wir waren gerade um den brennenden Baum versammelt, unsre Gedanken vor Allem auch bei ihm, in dieser weiten Ferne, als uns durch einen Gärtner 3 prächtige Blumenstöcke gebracht wurden mit einem kleinen Billet, auf welchem geschrieben stand: „Frohe, vergnügte Festtage wünscht Euch Allen Euer noch schwimmender Sohn und Bruder."

aufgetragene „Suppe" mahnte, und wir uns dann Einer dem Andern in herzlichster Weise für sich und für unsre Angehörigen ein frohes Weihnachtsfest wünschten. Bald machte die ernste einer heiteren Stimmung Platz; die Gläser werden gefüllt, wir bringen den Unseren, wir bringen Euch, liebe Eltern, ein Hoch aus, und es schallte so laut und so freudig, daß unsre Schwarzen, die nicht wußten, was vorgeht, ganz erschreckt an das Fenster eilten, um zu sehen, was das für ein Spektakel ist? Bis spät in die Nacht hinein saßen wir zusammen auf dem Deck; die See war ruhig, über uns glänzten die Sterne, unser erster Offizier holte seine große Zieh-Harmonika, und wir sangen mit ihrer Begleitung ernste und heitere Lieder.

Das war unsere Weihnachtsfeier unter dem 7. Grad Breite und dem 8' östlicher Länge am 24. Decmbr. Abends 1884!

25. Decbr.

Die Kru-boys, deren wir von Monrovia 36 mitgenommen, sind bei uns „Deck-Passagiere", d. h. wenn es dunkel wird, lagern sie sich auf Matten auf dem Deck, indem sie sich beliebig einen Platz suchen, wo sie gegen Unwetter geschützt sind, unter umgestülpten Booten und sonstwo. Die Hitze wechselt von Tag zu Tag. Gestern Abend, nach unserer Weihnachtsfeier, fing es an fürchterlich zu blitzen, und kaum, daß wir uns gelegt hatten, entlud sich ein schweres Gewitter mit Donnerschlägen, wie ich sie nie gehört, begleitet von Sturm und Regen. —

Eben habe ich, mit den Augen wenigstens, an der Mahlzeit unserer Neger Theil genommen. Sie bekommen von uns Reis und Kartoffeln, hier und da ein Stück Fleisch, und kochen sich ihre Sachen selber in einer eigens für sie eingerichteten Küche, worin über einem offenen Feuer ein großer Kessel steht; wenn der Reis fertig, wird er in große Blechschüsseln vertheilt, um welche sie sich zu 4—5 Mann auf dem Boden herumlagern. Sie essen mit den Händen, nur wenige bedienen sich der Löffel, obgleich jeder von ihnen einen haben kann. Wenn sie mit der Hand den Reis herausgeholt, drücken sie ihn zu einem Klos zusammen, und schieben ihn so in den Mund. Eine längliche Frucht, ungefähr zwei Fäuste groß, Schaale wie unsre Kartoffeln, mit schönem weißen Fleisch, verzehren sie roh. Diese Menschen sind nicht bösartig, aber faul; sie werden im Augenblick nur mit dem Putzen der auf Deck befindlichen Metalltheile beschäftigt; sie machen sie rein, aber bis sie ganz damit fertig, sind sie wieder so schmutzig fast wie vorher.

Heute ist ja Feiertag für uns. Wir haben uns ein Spiel arrangirt, indem wir nach einer auf dem Boden angebrachten Zeichnung mit aus Stricken verfertigten Ringen werfen. Ein Neger, den wir dazu stellten, um die geworfenen Ringe immer wieder zu sammeln, fand das Ding zu langweilig, er lief uns auf einmal davon, und wir mußten ihn erst wieder herbeiholen.

Um 2 Uhr passiren wir Cap Palmas. Auf unserer dort befindlichen Faktorei wird die Flagge aufgezogen; im Hafen liegt ein französisches Kriegsschiff, welches ebenfalls grüßt. Um unsern Dampfer herum wimmelt es von großen Schweinsfischen; sie sind 3' lang, sehr dick, haben dunkle Schuppen, und springen, indem sie sich dabei überschlagen, mehrere Fuß hoch über das Wasser.

Allmählich verlieren wir die Küste wieder aus dem Gesicht.

26. Decmbr.

Der heutige zweite Weihnachtsfeiertag bietet wenig Neues. Es geht Alles seinen gewohnten Gang, wir haben herrliches Wetter, günstigen Wind, der uns die Hitze weniger fühlbar macht, und eine brillante Fahrt. Wir kreuzen mit einem unsrer eigenen Segelschiffe, „Constanze", das kurz vor uns Monrovia verlassen hatte, und ebenfalls nach dem Süden geht. Ein andres, fremdes Segelschiff vergleicht seine Beobachtungen und Messungen durch Flaggensignale mit den unsrigen.

Immer näher kommen wir unserm Bestimmungsort, und ich fange schon an meinen Koffer wieder in Ordnung zu bringen, auch Bücher zusammen zu suchen, da wir uns gegenseitig Manches geliehen hatten.

Um es nicht zu vergessen, schreibe ich, was ich heute erst gehört, als Notiz nieder, daß Professor Wörmann, dessen Namen unser Dampfer trägt, ein Bruder unsres Chefs ist, und früher Jurist war, jetzt Professor der Künste in Dresden.

27. Decmbr.

Heute Morgen taucht hinter uns ein Dampfer auf, den wir bald als den in Monrovia zurückgelassenen „Adler" erkennen; er muß bald nach uns, und nach Ankunft unsrer „Erna" den Platz verlassen haben. Da er zwei Maschinen hat, läuft er 1—2 Meilen schneller, als wir, und hält etwas mehr nördlichen Kurs. Als er uns ziemlich nahe gekommen, fangen wir an, durch Signale mit ihm zu sprechen; er war von uns beauftragt, wenn er vor uns nach Kamerun kommt, unsre Ankunft auf Montag Nacht dort zu melden; er muß aber vorher zum Geschwader, welches augenblicklich bei San Fernando Po liegt.

Unser Capitän hofft aber, da er in dieser Gegend mit Wind- und

Meeresströmungen weit besser bekannt ist, dadurch einen Vorsprung zu gewinnen, und so geht unsre Fahrt der Schiffslehre halber, jetzt noch flotter.

28. Decmbr.

Der vierte Sonntag heute, und drückend heiß; der Capitän selbst findet diese Hitze ganz außergewöhnlich. Um Mittag entlud sich ein fürchterliches Gewitter, obgleich wir ganz außer der Regenzeit sind.

Unsre Schwarzen verrichten jetzt unter Aufsicht der Matrosen deren sämmtliche Dienste; sie sind anstellig und brauchbar zu Allem, schleifen das Deck mit Steinen ab, ölen es wieder, und singen oder vielmehr gröhlen dazu, daß einem das Trommelfell platzen möchte! Sie wiederholen immer dieselben Worte, dieselben Töne, melancholisch, aber stundenlang mit dem gleichgiltigsten, ausdruckslosesten Gesicht. Heute bekommen sie, weil Sonntag ist, außer ihrem Reis einen Truthahn, der gebraten werden soll; aus seinem Kopf, Füßen, Flügeln und sämmtlichen Eingeweiden kochen sie sich aber auch noch extra eine „Bouillon". Branntwein trinken sie lange nicht so viel, wie es die in Kamerun thun sollen. Sie bekommen davon, immer zu drei Mann, eine Flasche, wozu sie oft getrocknete Fische essen, welche sie selber mitbrachten. Ihr Führer, der head-Mann, hat sie gelehrt, die Hüte abnehmen, und „Guten Morgen" sagen. Wir gaben ihnen auch von unserm Christbaumconfekt einige Stücke, die ihnen so schmeckten, daß sie laut juchzten und schrieen, und wir Mühe hatten, sie wieder ruhig zu machen.

29. Decmbr.

Auch heute ein ganz mit Wolken umzogener Himmel, der uns von Zeit zu Zeit einige Regenspritzer herabsendet; aber der Boden unsres Decks ist so glühend heiß, daß das darauffallende Wasser sofort verdampft und trocknet. — Gegen Mittag hat sich das Gewölke ganz verzogen, unsre Fahrt geht günstig, und den Wahrnehmungen nach müssen wir bald „Land" sehen. Aber die Hitze wird geradezu unerträglich, und mich überfällt der Schlaf. Da plötzlich weckt man mich, als ich kaum eingenickt war, — es ist 2 Uhr Mittags und die Insel Fernando Po ist deutlich in Sicht.

Mit diesem Anblick ist die Müdigkeit verflogen. Bewaffnet mit Fernrohren und Perspektiven spähen wir aus, und erblicken, hoch über zwei getrennten Wolkenschichten emporragend, die Gebirgskette der Insel, welche in der 15,000' hohen Spitze des erloschenen Vulkanberges ihren Höhepunkt erreicht. Ein gewaltiger Anblick! Am Fuße des Gebirgszugs, in einer Bucht, liegen zwei Dampfer, und am Ufer erblicken wir eine kleine Stadt, umringt von prachtvollen Palmenwäldern, überhaupt einen üppigen Pflanzenwuchs.

Wir passiren in einer Entfernung von 4 englischen Meilen. Unser deutsches Geschwader liegt nicht mehr da, — wir denken es in Kamerun zu treffen.

Es ist jetzt 4 Uhr Nachmittags; wenn es nicht allzufrühe dunkel wird, sehen wir heute noch unsre Küste, vielleicht auch den andern Vulkanberg, der im Kamerunland sich bis zu 13,000' erhebt, und mit dem von Fernando Po, wie man sagt, „die große Eingangspforte" bildet, durch welche man in die Bucht von Biafra, an welcher das Kamerunland liegt, einfährt. Ich muß hier nämlich einschalten, daß es regelmäßig kurz nach 6 Uhr dunkel wird, und zwar nicht wie bei uns in allmählichem Uebergang durch die Dämmerung, sondern fast plötzlich, nnmittelbar wenn die Sonne untergegangen. —

Unsre Befürchtung ist eingetroffen, — es ist dunkel geworden ohne daß wir vom Land etwas gesehen, und wir werfen in einer Entfernung von etwa 12 Meilen um 8 Uhr die Anker aus, um noch eine letzte Nacht auf offner See am Bord unsres Schiffes zuzubringen.

Was wird uns Alles der morgende Tag bringen! Mit straffgespannten Erwartungen sehe ich ihm froh entgegen!

Dienstag, den 30. Decmbr. 1884.

Frühe bin ich aufgestanden, um zugegen zu sein, wenn zum letzten Mal die Anker gelichtet werden, was um 6 Uhr geschieht. Es ist ein frischer Morgen. Das Wasser leuchtet hellgrün, und hat nur noch eine Tiefe von 50'. Vor 8 Uhr steigt die blaue Küste, nach der wir uns so lange gesehnt, aus den Fluthen empor, und jetzt will ich hier abbrechen, um sofort Euch in einem Brief unsre glückliche Ankunft zu melden.

Dieser Brief, der am 30. Decmbr. abging, kam am 25. Jan. 1885 in unsre Hände, und lautet:

Theure Eltern!

Um 10 Uhr heute Morgen sind wir wohlbehalten in Kamerun, d. h. da angekommen, wo der Kamerunfluß in einer ganz ungeheuren Ausdehnung sich ins Meer ergießt. Wir ankern längsseits unsrer deutschen Corvette „Bismarck", welche den Admiral führt. Dicht daneben liegt der „Adler", dem wir zuletzt vor San Fernando Po begegnet waren, und dessen Capitän zuerst zu uns an Bord kommt. Er meldet, was Ihr vielleicht durch die Zeitungen schon erfahren habt, daß der Admiral oben in Kamerun selbst ist, denn vorige Woche war gegen uns Deutsche großer Aufstand; letzten Sonntag (21.) das Hauptgefecht, wobei es leider Tode und Verwundete gab. Der „Adler" geht morgen früh nach S. Vincent, an der Südseite Portugals, um die amtlichen Depeschen über diese Vorfälle nach Deutschland zu befördern, er nimmt auch unsre Briefe mit. Soeben kommt auch der erste Offizier des „Bismarck" an Bord, Graf Moltke, und erzählt uns Näheres; doch ich muß mich kurz fassen, und Ihr werdet es wohl schon gelesen haben. Mehrere Negerstädte sind total zerstört, die Neger vertrieben, Panthänius, einer unserer Angestellten, weggeschleppt und wahrscheinlich ermordet, ein Matrose todt, und fünf verwundet, und Alles durch die Engländer verursacht und angestiftet. Wir können jetzt aber ganz ruhig sein, denn die Kriegsschiffe bleiben zu unserm Schutze hier. Also habt auch Ihr, bitte, keine Angst, es soll Alles bald wieder in Ordnung kommen. Und nun, liebe Eltern und Geschwister, lebet wohl, es folgt bald nähere Nachricht; grüßt alle Bekannte von mir, — tausend Grüße! Prosit Neujahr!

Euer treuer Sohn Carl Scholl."

— Seit 10 Uhr diesen Morgen liegen wir also vor Anker im Kamerunfluß, aber was für ein Fluß ist das! hier, am äußersten Ende seines Laufes, gut 10 Meilen breit, die verschiedensten Biegungen machend, voll Inseln und Buchten, mit einem Wort ein kolossaler Strom! Vom Gebirge, vom großen „Götterberg", wie ihn die Eingebornen nennen, noch nichts zu sehen, — er ist von Wolken verhüllt; die Ufer sind flach, aber mit dichten Palmenwäldern besetzt.

Daß wir höchlich überrascht waren, als uns, wie mein Brief es Euch mittheilt, die Offiziere des „Bismarck" und „Adler" die neuesten Vorfälle an dieser Küste erzählten, könnt Ihr Euch denken. Da ich aber bis jetzt nur Unzusammenhängendes gehört, so muß ich es den Berichten der Zeitungen überlassen, Euch das Genauere darüber zu sagen, und führe nur an, daß im Ganzen 500 Mann von unserer Marine gelandet wurden, die gegen die Neger vorgingen, sie aus dem Dorfe vertrieben, und dieses dann anzündeten; es ist King Bell's Town. Die Neger sollen gute Hinterladergewehre gehabt haben, und seien reichlich mit Pulver versehen gewesen. Mehrere von ihnen fielen, Andere sind gefangen worden. Nach der Behauptung der Offiziere sollen die Engländer die Anstifter sein.

Der Admiral ist augenblicklich noch oben in Kamerun, um Alles zu ordnen, wir aber müssen befürchten, daß diese Vorgänge für das Geschäft nicht die besten Folgen haben werden. Die beiden schwarzen

Lootsen, welche sonst die Schiffe wegen des schwierig zu findenden Weges immer den Fluß hinauf bringen müssen, sind mit unter den Gefangenen, und traut man ihnen zu, daß, wenn man ihnen trotzdem erlauben würde, uns hinauf zu lootsen, sie unser Schiff auf Grund setzen würden. Deshalb fährt um 2 Uhr unser Capitän mit einem Segelkutter des „Bismarck" und unter dessen Schutz hinauf nach unsrer Faktorei, um von unserm dortigen Vertreter die nöthigen Instruktionen zu holen. Zu befürchten ist jetzt absolut nichts, da wir unter dem Schutz unsrer Kriegsschiffe stehen, von welchen eines wohl immer da bleiben wird.

Ueber diese Mittheilungen braucht Ihr nicht im Mindesten Schweigen zu beobachten, denn sie sind Thatsachen, welche Allen, die hier wohnen oder sich aufhalten, auch solchen von nichtdeutschen Häusern, bekannt sind. Geschäftliches, was bloß meine Firma angeht, lasse ich selbstverständlich aus dem Spiel; was ich sonst aber von jetzt an hier sehe und erlebe, darüber werde ich Euch genau, richtig und ganz der Wahrheit gemäß berichten.

Da wir an die Kriegsschiffe Proviant abzugeben haben, so sind verschiedene von ihren Leuten an Bord, die uns von dem Gefecht, das sie selbst mitgemacht, erzählen. Nach ihnen haben sich die Neger ganz tapfer gehalten, und unsern Soldaten einen Kugelregen von daumendicken Geschossen entgegengesandt; bei dem auf sie gemachten Sturm aber rissen sie aus und flohen „in den Busch", d. h. ins dichte, so gut wie unburchdringliche Gehölz, wo eine Verfolgung nicht mehr möglich ist. Bestimmt wird uns versichert, daß sie auf einem Hügel, von welchem sie später vertrieben wurden, Gräben und Verschanzungen angelegt hatten. Die andern flohen mit Weibern und Kindern aus ihrem Dorfe, und wurde dieses, nachdem es durchsucht und leer befunden war, verbrannt. Der Admiral hat persönlich mit seinen Offizieren alle Wohnräume und Schiffe, besonders diejenigen der Engländer gründlich durchsucht, ob nicht irgendwo noch welche versteckt wären, und hat ein Manifest erlassen, wonach Jeder, d. h. sogar die ganze Firma, deren Leute überführt würden, daß sie die Schwarzen gegen uns aufreizen, aus dem Gebiet des Kamerunflusses, als deutschem Grund und Boden, ausgewiesen werden.

Abends nach Tisch kamen einige Offiziere des „Bismarck" zu uns, die von uns gastlich bewirthet werden. Einige Leckereien, die noch auf unserm Tisch stehen, Torte, Früchte, Dessert u. a. sind für sie längst entbehrte Genüsse, und so vergehen im Gespräch mit ihnen, bei einem Glase Wein, aufs Schnellste einige angenehme Stunden.

Unser Capitän kommt heute Abend nicht mehr zurück, daher wir auch diese Nacht noch an Bord bleiben. Morgen früh denken wir aber endlich an Ort und Stelle gebracht zu werden, denn es soll, gerade in Folge der neuesten Vorgänge, genügend für uns zu thun sein.

31. Decmbr. Sylvesterabend 1884.

Auch der heutige Morgen verging noch im ungewissen Warten, doch boten uns die Exerzier=Manövers der Kriegsschiffe reichliche Unterhaltung. Gegen Mittag kam unser kleiner Dampfer „Dualla", der bestimmt ist, den Fluß zu befahren, und den Waarenverkehr zu vermitteln, in Sicht, und brachte unsern hiesigen Chef, Herrn Eduard Schmidt. Dieser ordnete an, daß unser großer Dampfer um 2 Uhr den Fluß hinauf fahren soll, und zwar unter Leitung eines von ihm mitgebrachten schwarzen Lootsen, der vollständig städtische Kleidung trug, und am Rock ein Dienstmannsschild mit der Bezeichnung „Deutscher Lootse". Sein Name ist „Bottle Bier"; er spricht ganz geläufig Englisch.

Nach zweistündiger Fahrt, zwischen schön bewaldeten, hügeligen Ufern des Kamerunflusses, langten wir endlich bei den Faktoreien an, die auf der linken Seite des Flußufers liegen. An diesem lag als drittes deutsches Kriegsschiff die „Olga", außer diesem ein englisches, unser Dreimaster=Vollschiff „Dorothea", und die sieben Hulls, d. h. abgetakelte alte Schiffe, die jetzt theils als Magazine, theils als Wohnungen benutzt werden.

Es wurde uns ein Empfang, wie ich ihn nie mir hätte träumen lassen, und der mich fast für einen Augenblick vergessen machte, was ich Alles in der Heimath verlassen hatte! Nachdem wir unsre Böller abgefeuert, wurden wir von rollendem Kanonendonner begrüßt; sämmtliche hier liegende Schiffe und die Faktoreien am Lande haben geflaggt, und grüßen durch Auf= und Niederziehen der Fahnen. Für mich war es, ich fühlte es tief, kein unwichtiger Moment, als ich

— am 31. Decmbr. 1884, 5 Uhr Abends —

nach nicht ganz vierwöchentlicher Seereise zum ersten Mal den Fuß wieder auf festes Land, — auf deutschen Boden setzte!

Die Bewillkommung von Seiten meiner Herren Collegen war kurz aber sehr herzlich und mich anheimelnd; am gleichen Abend noch begann ich, nach neunwöchentlicher Unterbrechung meine gewohnte Thätigkeit.

Wir sind im Ganzen unsrer acht: Herr E. Schmidt, Herr Gotthelf Wölber, Herr Jürgens, Herr Warnke, wir beiden neuen

Ankömmlinge, Herr Ohlert und ich, und außerdem zwei ehemalige See=
leute, die meist mit den Schiffen und gröberen Arbeiten zu thun haben.
Diese beiden sind aber sehr krank, und werden nicht mehr lange bleiben.

Abends 6 Uhr ging es zu Tische, und befanden wir uns durch
die hinzukommenden Herren von der Marine in sehr großer und ge=
wählter Gesellschaft. Es waren der Admiral von Knorr mit seinen
Offizieren vom „Bismarck", und ein Adjutant des Commandanten
der „Olga", Herr Bendemann. Alle begrüßten uns Neuangekommene
aufs Herzlichste als „auf deutschem Boden", und der Admiral war
der erste, welcher sagte, daß das Klima bei einer gewissen Vor=
sicht gar nicht gefährlich sei. Die Tafel war so fein hergerichtet,
und die Speisen und Getränke so ausgezeichnet, daß man vollständig
vergaß, in welcher ungeheuren Entfernung von unserm gewohnten
„Heim" wir uns befanden; es hätte Alles bis aufs Kleinste in Ham=
burg nicht schöner und besser können hergerichtet werden. Den eigent=
lichen Jahresschluß wollten die Offiziere jedoch an Bord ihrer Schiffe
zubringen, wohin unsre Chefs Schmidt und Wölber geladen waren,
daher wir Anderen dann in kleinerem Kreise, bei 25° nächtlicher Hitze,
unsre Sylvesterfeier hielten.

Meine Gedanken, Ihr Lieben, waren bei Euch, in der
Heimath! Etwas Glück, — und ich hoffe, hier wenigstens eine
halbe zu finden.

Vier glückliche Monate unter Palmen.
(Tagebuchberichte und Briefe.)
Vom 1. Januar bis 21. April 1884.

Kamerun. Tagebuchbericht, angefangen 1. Januar 1884.

Schon sehr frühe war ich heute auf, denn jetzt heißt es arbeiten, zumal wir unsrer augenblicklich zu wenige sind. Es wurden deßwegen gestern schon vier weitere Collegen telegraphisch bestellt. Aus diesem Grunde muß ich von jetzt an meine täglichen Berichte einstellen, und werde nur, wenn ich Zeit finde und etwas Wichtigeres Euch zu sagen habe, es hier niederschreiben, außer den Briefen, die ich Euch möglichst oft schicken werde.

Außer unserem Personal wohnen gegenwärtig in unserm Hause: Herr Dr. Buchner, und dieser schon sehr lange, als provisorischer Vertreter des deutschen Reichs und langjähriger Afrikareisender, — außer ihm noch Herr Zöller, Berichterstatter der „Kölner Zeitung"; auf unsrer Hulk „Luise" wohnen, ebenfalls schon seit längerer Zeit, die Herren Dr. Passavant und Dr. Pauly aus der Schweiz, gleichfalls Afrikareisende, die täglich in unserm Hause verkehren. Von der Marine sind täglich einige Herren bei unsern Mahlzeiten.

Am 3. Tag nach meiner Ankunft kam die „Möve" mit dem Generalconsul Herrn Dr. Nachtigall, der ebenfalls sich bei uns einquartirte, und von seinen vielen Reiseerlebnissen höchst interessante Einzelnheiten zum Besten gab. Das ist ein äußerst gemüthlicher, keineswegs stolzer Herr, mit welchem wir uns außerordentlich gut unterhielten, und von dem wir unter Anderen erfuhren, daß die „Ariadne" Befehle an die Ostküste habe wegen Zanzibar.

Brief aus Kamerun vom 9. Jan. 1884.
(Angekommen in Nürnberg über Liverpool, 22. Febr.)

„Liebe Eltern! Täglich ging ich mit dem Gedanken um, eine genauere Beschreibung von Land und Leuten zu beginnen, aber wenn ich auch anfing, so kam ich nicht zu Ende, immer hielt mich eine andre Arbeit davon ab. Und während ich erst beabsichtigte, diesen Brief mit unserm eigenen Steamer Euch zu schicken, der in einigen Tagen aus dem Süden hier eintreffen muß, kommt heute ein englischer, die Volta, dem ich wenigstens einige Zeilen anvertrauen will. Meinen Brief vom 30. Decbr., noch an Bord geschrieben, habt Ihr wohl erhalten. — Wenn ich anfangen wollte, Fragen an Euch zu stellen, so könnte ich nicht mehr aufhören, darum schreibt nur, ich bitte Euch, immer recht viel und ausführlich, Jedes etwas, — ich brenne vor Ungeduld, von Euch Allen zu hören.

Bis jetzt bin ich mit Allem sehr zufrieden, arbeite von Morgens 6 bis Abends 6, entbehre aber auch nicht das Geringste, im Gegentheil, es wird sogar, was in diesem Klima unbedingt nöthig, sehr gut, fast luxuriös gelebt. Jeder Tag bringt neue Genüsse, und, wenn Ihr unsern Garten vor dem Hause, mit seinen wunderbaren tropischen Pflanzen sehen könntet, Ihr würdet, Alles zusammen genommen, auch unsre gewählte Gesellschaft, mir Recht geben, wenn ich Euch sage, wir leben wie in einem kleinen Paradiese.

Die Neger kommen, bringen Palmenkerne, Oel, Gummi, Elfenbein, bekommen dafür einen Zettel, und diesen lösen sie, wenn sie wollen, gegen Waaren ein, besonders gegen Zeuge, Salz, Rhum, Tabak, Pulver, Gewehre, getrocknete Fische, und in kleineren Quantitäten Alles nur Denkbare, besonders Spiel- und Haushaltungsgegenstände.

Am sichersten schickt Ihr Briefe mit unsern Dampfern, doch findet Ihr in der „Frankfurter Zeitung" und der „Kölnischen" regelmäßig eine Liste abgehender und ankommender Dampfer, wo es immer heißt: Post nach Westafrika via Hamburg, Liverpool, Glasgow, Lissabon u. s. w. am ... von Frankfurt; doch wird hierfür noch kein festes Porto bestimmt sein.

Einliegend der Schluß meines Reiseberichtes. Und nun sendet Euch, liebe Eltern und Geschwister, tausend Grüße, die durch die Entfernung noch vermehrt sind, Euer treuer Carl.

Nachschrift: Grüßet, bitte, alle Bekannte von mir, und seid so gut, mir so bald als möglich folgende Gegenstände zu schicken: Etwas Zahnpulver oder Zahnseife, die lange ausgiebt; ein Paar Lederpantoffeln mit niederen Absätzen, also keine Stiefeletten mit Zügen, sondern niedere Schuhe, die jedoch einige Schnürlöcher oder ganz kleine Züge haben dürfen; nicht zu schwer, aber starke, keine Doppelsohlen.

Der Schuhmacher hat mein Maß von den letzten Stiefeln, Novbr. 1883, und meinen gestickten Pantoffeln; er soll sie recht bequem machen. — Einige Büchsen englische Bleimienen, die Euch sicher mein früherer Principal am besten giebt. — Einen Gürtel, ca. 4—5 cm breit, da ich keine Hosenträger trage. — Einen weiß-leinen Anzug (Schneider hat das Maß), aber nur Hose und Rock, diesen ganz ohne Futter, aber keinen Schoßrock, sondern Jaquet, hochgeschlossen, aus gelblichem Leinen, oder wie der Stoff heißt, nicht so wie die Militäranzüge, doch nichts Theures, und kein schweres Zeug, Hosenbeine nicht eng, aber guten Schnitt, keine Beinknöpfe, die in der Wäsche zerschlagen. Er soll überall etwas einnähen, damit man nöthigenfalls herauslassen kann, was in der „Mission" besorgt würde. — Ferner 6 Schachteln Leb=kuchen in Blechbüchsen. — Schreibt mir, bitte, genau auf, was Alles einzeln kostet, da ich vielleicht Manches einmal an Jemand abgeben kann, und es auch des Geldes wegen wissen muß. Nochmals tausend Grüße!"

Tagebuchbericht, Kamerun, vom 10.—20. Januar 1884.

Kameruns, die sogenannte Stadt, richtiger: die europäischen Handelsniederlassungen, wo ich jetzt arbeiten und mein Glück ver=suchen will, liegt an einem der Hauptarme des tief aus dem Innern Afrikas kommenden Kamerunflusses. Er erinnert an die Elbe bei Hamburg; an seiner Mündung aber, etwa zwei Stunden abwärts, hat er, wie ich früher schon bemerkte, eine ganz außerordentliche, mehrere Meilen breite Ausdehnung, und dort bildet er auch durch viele Ver=zweigungen, Creek oder Canäle genannt, ein Menge von Inseln. Auf seiner linken Seite, wo sich die Faktoreien und die Negerdörfer oder =„Städte" befinden, wird er von einem 30—50' hohen lehmigen Ufer begrenzt, während er auf der rechten ganz flach, aber mit dichtem Wald besetzt ist.

Diese Negerdörfer, Towns genannt, folgen sich in folgender Reihe: am weitesten vorn, d. h. dem Meere zu, liegt King Bells Town, dann kommt weiter flußaufwärts King Aqua Town, Dido Town und Quau Town. Im Flusse selbst liegen die „Hulks", abgetakelte, zu Magazinen und Wohnungen eingerichtete Schiffe, und zwar sieben an der Zahl; zwischen King Bell und Quau Tonn liegen sämmtliche Faktoreien, in welchen im Ganzen etwa ein Dutzend Firmen vertreten sind. Diese Faktoreien liegen alle ohne Ausnahme dicht am Wasser, in ihrem Rücken das erhöhte Lehmufer; die englische Baptisten=

Mission dagegen, und sämmtliche Negerdörfer liegen auf dieser kleinen Anhöhe.

Der Fluß hat hier noch Ebbe und Fluth; bei ersterer tritt er bis auf 100′ vom eigentlichen Ufer zurück, welches dann stundenlang „trocken" liegt.

Unsre Faktorei, in welcher ich wohne, ist wohl die größte von allen; sie hat 250 m Wasserfront und 100 m Tiefe. Auf dieser Grundfläche steht ein eisernes Haus, 40 Schritte lang und 20 Schritte breit, dessen Wände und Dach mit Eisenblech beschlagen sind, letzteres aber außerdem in einem Abstand von 1½′ noch mit Stroh überdeckt ist. Die Front unsres Hauses ziert eine breite, mit Matten=Jalousien versehene Veranda, auf welcher wir unsre Mahlzeiten einnehmen, und vor dieser liegt ein schöner Blumengarten mit allerlei tropischen Gewächsen bepflanzt, daneben eine gute Kegelbahn, und Tauben= und Hühnerhäuser. Die vordere Hälfte des Hauses enthält im Parterre die Ein= und Verkaufsräume; im ersten Stock die Veranda, zu welcher eine große, eiserne Treppe führt, dann im Innern einen riesengroßen Saal, an dessen beiden Seiten je vier Wohnzimmer liegen; an den Rückseiten desselben Proviant= und Geschirrräume. Die hintere Hälfte des ersten Stockes bildet den Lagerraum für noch uner= öffnete Kisten und Ballen.

Neben diesem „Herrenhaus" befinden sich noch 5 Lagerhäuser, in der Art wie unsre großen Scheunen, aus Holz und Eisen aufgeführt; ferner die Küferei, Zimmerei, in welcher Neger von der Goldküste, „Acra=Leute", beschäftigt sind, welche in einer Basler=„Mission" das Handwerk erlernten, und sehr theuer bezahlt werden; dann noch die Küche, und ein Wohnhaus für die halbhundert Kru=Neger, oder Kru=Boys, die in unsern Diensten sind. Unser großes Wohnhaus ist grün angestrichen, alle andern Gebäude weiß, und gewähren sie zu= sammen, rings von Holzstaketen eingezäunt, einen sehr freundlichen Anblick. Das ist also unsre Faktorei; sie liegt unterhalb der zweiten oben genannten Negerstadt, der des King Aqua. Außer ihr haben wir noch eine bei Bell Town, bei Dido Town und in Bimbia, diese sind aber etwas kleiner, und werden nur durch einen Weißen geleitet.

Die Faktorei in Bell Town, unsre zweitgrößte, wurde in voriger Woche, also nach beendigtem Aufstand, total ausgeraubt, — Waaren im Werth von 6—8000 Mark. Wie das kam, will ich, da ich mich ganz genau darnach erkundigte, erzählen:

König Bell war für Abtretung der Hoheitsrechte über sein Land an die Deutschen, insbesondere für große Gebiete an unsre Firma, eine ziemlich bedeutende Summe, die er in Waaren empfangen sollte, verschrieben worden, und hiervon verlangten seine Brüder, mit denen er schon lange immer in Unfrieden lebte, einen gewissen Theil, den er sich weigerte, ihnen zu geben. Da nun King Bell's eigene Leute oder Unterthanen theilweise mit seinen Feinden gemeinschaftliche Sache machten, so begab er sich mit einigen der Seinen unter deutschen Schutz. Eines Morgens gegen Ende December, es war am 20., wurden die Mannschaften der Kriegsschiffe im Boote den Fluß hinauf befördert, um gegen einen Stamm vorzugehen, denn King Bell sagte, „wenn Ihr hier herrschen wollt, müßt Ihr mich auch als Chief beschützen." Seine Feinde waren aber in verschiedenen Towns auf beiden Flußufern vertheilt, und waren durch Abnehmen unsrer Flagge, Umreißen des Mastes und Ausstoßen gefährlicher Drohungen auch zu unsern Feinden geworden. Die Wiederherstellung der Ruhe und Ordnung sollte von unsrer hiesigen Faktorei aus, unterhalb der Aqua Stadt, etwas mehr noch flußaufwärts, jedenfalls auf dem linken Flußufer beginnen. Während nun zwischen den Negern und den Kriegsbooten bereits Schüsse gewechselt wurden, gelangte hier an unsern Chef Herrn E. Schmidt, ein Zettel von Herrn Panthänius, — einem unsrer Angestellten, der als einziger Weißer in unserer King Bell Town-Faktorei verblieben war, und dem die Neger wiederholt in der letzten Zeit schon gedroht hatten. In diesem Zettel schrieb er, daß man ihm sofort Hilfe schicken solle, die Schwarzen bedroheten die Faktorei, King Bell habe seine Stadt im Stich gelassen, und die diesem feindlichen sogenannten Joß-Leute fingen an, gefährlich zu werden.

Diese Nachricht wurde sofort dem Commandanten übersandt, und zwar fügte unser zweiter Vorgesetzter, Herr G. Wölber, der Sitten und Gewohnheiten des Landes aus längerer Erfahrung ganz genau kennt, ausdrücklich die Bitte hinzu, ja nicht eher, am besten aber gar nicht zu schießen, bis Panthänius in Sicherheit gebracht sei. Der Commandant ließ sofort die Boote, welche die sämmtliche Mannschaft der Kriegsschiffe enthielten, flußaufwärts fahren, und gewiß in der besten Absicht, aber in diesem Fall zum größten Unglück sofort mit wohlgezielten Granaten und Revolverkanonen feuern. Neger aus andern Towns, welche gerade in Geschäften hier zu thun hatten, erzählten nun übereinstimmend Folgendes: Einer der Häuptlinge, Kalaba Joß, wurde durch einen dieser Schüsse getödtet, und jetzt erst drang ein Haufe in unsre Faktorei ein, holten Panthänius gewaltsam heraus, und führten ihn zur Leiche ihres todten Häuptlings, indem sie auf Englisch sagten: „Rufen Kalaba!" worauf Panthänius ihnen erwiderte, daß er das ja nicht könne, weil dieser todt sei. „Er todt ist, so tödten wir auch dich!" war die Antwort; sie erschossen den Armen auf der Stelle, und schleppten ihn dann sammt ihren eignen Todten mit „in den Busch".

Während Einige noch gesehen haben wollen, daß die Leiche des Panthänius verstümmelt worden sei, erfahren wir heute, daß sie ganz unversehrt aufgefunden wurde, und morgen geholt werden soll. So traurig dieses Ereigniß, so sage ich Euch zur Beruhigung, daß es sich nie wiederholen kann, denn die Schwarzen haben vor unsern Granaten einen so höllischen Respekt bekommen, daß sich keiner von ihnen mehr sicher glaubt.

Zu gleicher Zeit mit diesem Lynchgericht wurden die Mannschaften gelandet, und es begann ein regelmäßiges Angriffsgefecht. Während des Sturmes hielten die Neger einen Hügelrand besetzt, sandten unsern, den steilen Abhang erkletternden Matrosen, einen Regen von Kugeln entgegen, und ließen sie bis auf 4—6 Schritt herankommen. Ein junger Lieutnant, der seinem Zuge muthig voranstürmte, erzählte an unserm Tische, in Gegenwart des Admirals, daß es ihm, nachdem er diese letzten 4—6 Schritte noch zurückgelegt, und oben auf dem Hügelrand angekommen war, gerade gewesen sei, als ob alle Schwarzen mit einem Mal in den Boden versunken seien, mit solch unglaublicher, affenartiger Geschwindigkeit seien sie „in den Busch" geflohen, und hätten ihre sämmtlichen Todten und Verwundeten mit sich geschleppt. Im Einverständniß mit King Bell wurde dann die ganze „Stadt" niedergebrannt.

Unsre dort befindliche Faktorei war fest verschlossen, und da Niemand mehr in dortiger Gegend war, um Geschäfte zu machen, ging Niemand von unserm Hause hin, bis Herr Schmidt einige Tage später sich militärische Bedeckung erbat, um nachzusehen. Zu seinem nicht geringen Erstaunen fand er alle dortigen Gebäude erbrochen, und ihres sämmtlichen Inhaltes beraubt. Seit dieser Zeit finden darum auf unsrer Veranda täglich Gerichtsverhandlungen statt, die aber bis zur Stunde noch nicht im Stande waren, die Thäter zu ermitteln.

Meine Gesundheit betreffend werdet Ihr aus meinem Brief vom 9. Jan., den ich mit der englischen Volta Euch schickte, ohne daß ich mich besonders darüber aussprach, doch ersehen haben können, daß mir nichts fehlt, und heute schon, nach dieser kurzen Zeit, die ich hier bin, glaube ich mit ziemlicher Gewißheit behaupten zu können, daß selbst die geringsten Befürchtungen und Zweifel, die ich mit hierher nahm, nicht begründet sind.

December und Januar, also gegenwärtig, ist die heißeste Jahreszeit, durchschnittlich ca. 30° R.; wir hatten schon sehr schwere Gewitter, während denen es sehr kühl wird, und zweimal im Tag bringt die Brise von der See her eine wohlthuende Erfrischung. In Folge dieses schnellen Wechsels habe ich mir auch einen Schnupfen zugezogen, wie ich ihn bisher bisher kaum einmal gehabt habe. Herr Dr. Buchner, und der Stabsarzt der „Olga", die ich sprach, wunderten sich im höchsten Grade, daß dieses im hiesigen Klima vorkommen könne. Ich habe ihn aber durch tägliche Bäder vollständig weggebracht.

Morgens ¹/₂6 Uhr stehe ich auf, wie alle Andern auch, denn schon die halbe Nacht über lagern die Neger vor unsrem Faktorei=Thor, und wenn sie um 6 Uhr nicht eingelassen werden, werden sie ungeduldig oder laufen mit ihren Waaren geradezu weg. In einem Bett habe ich zwar, seit ich hier bin, also an 14 Tage lang, noch nicht geschlafen; wir müssen diese den Marineoffizieren, die sich bei uns selbst zu Gast laden, oder andern Gästen überlassen; einmal campire ich auf einem Polster, das andre Mal auf dem blanken Boden, oder einer Weiden= bank, auch einer Art Schaukelstuhl, der aber fest steht. Die Offiziere kommen meist, fünf oder sechs, mit ihrem Boote und schicken dieses dann zurück. Aus Hängematten, Decken, Stücken Zeug lassen wir dann in unserm großen Saal Lager bereiten, die höchsten Chargen belegen unsre Zimmer, und wir müssen gute Miene zum bösen Spiel machen.

Aber die Hauptsache ist, ich schlafe nach gethaner Tagesarbeit meistens sehr gut, und lange währt dieser Zustand nicht, der noch eine Nachwehe des Vorgegangenen ist.

Auch der Admiral Knorr, der ein äußerst leutseliger, liebens= würdiger Herr ist, täglich bei uns speist, und das Tischgespräch leitet, hat einige Nächte mit seinem Adjutanten bei uns geschlafen; als er aber sah, wie sehr wir uns behelfen müssen, sagte er, wir sollten ihm in unsrer geplünderten Faktorei ein Lager herrichten, so gut es eben sich machen läßt, und das geschah. Nun wohnt er dort mit seiner aus sechs Mann bestehenden Ghigg*)=Besatzung, kommt zu allen Mahlzeiten herauf zu uns, und ist sehr zufrieden.

Ueber Land und Leute, was Euch ganz besonders interessiren wird, muß ich Näheres fürs nächste Mal aufsparen. Ihr dürft Euch aber keinenfalls einbilden, daß die Neger dumm oder daß sie bei uns Sklaven sind. Im Gegentheil! Es sind unter ihnen sogar viele sehr intelligente Leute, viele schreiben und sprechen englisch, und alle

---

*) Ghigg eine kleine Barke.

sind Geschäftsleute, die sich von uns nicht hinters Licht führen lassen, sondern umgekehrt auf Schritt und Tritt, wenn wir nicht auf unsrer Hut sind, uns betrügen und bestehlen. Jeder von ihnen weiß ganz genau, was er für sein Oel, seine Nüsse oder Elfenbein zu beanspruchen hat; bekommt er nur etwas zu wenig dafür, so wird er feindlich gesinnt. Als Dienstpersonal in unserm Hause haben wir einen schwarzen Ober-Steward (Aufseher, Verwalter), einen schwarzen Koch mit Gehilfen, und 6 schwarze Stewards-Boys von 8—10 Jahren, die uns bei Tisch und in unsern Zimmern bedienen; im ganzen Hause giebt es kein weibliches Wesen, aber die musterhafteste Ordnung bis ins Kleinste! Diese Negerjungens, welche Bediente, Aufwärter, Kellner, Spülmagd und Zimmermädchen in einer Person sind, stellen sich äußerst geschickt an, vom 11. bis 12. Jahre an aber sind sie nimmer zu brauchen, denn da denken die Bengels schon ans Heirathen, und wird ihnen vom Vater eine Frau gekauft.

Unsre Waschfrau ist eine Tochter des King Aqua, also eine richtige schwarze „Prinzessin", die in der englischen Mission das Waschen gelernt hat, und sehr viel verdient.

Im Geschäft bin ich schon ganz zu Hause. Die Traders (Händler), die mit uns verkehren, sprechen alle englisch, aber wie? mögt Ihr aus folgenden Kleinigkeiten sehen. Sie sagen: he live for die = er liegt im Sterben; he live for come = er wird kommen; überhaupt wenden sie statt to be immer to live an, was oft sehr komisch wirkt.

Selbst diese sogenannten „Könige" haben die größte Freude, wenn sie etwas erbetteln können, und genießen, um ihre Geschäfte zu machen, einen großen Credit, so daß uns einige derselben viele Tausende schulden.

Ihre Kleidung besteht aus einem 6' langen Stück Zeug, das sie um die Hüfte, manche unter den Armen befestigen, und das dann bis an die Waden herabfällt. Die Weiber tragen meist weite, vom Hals an herabfallende Kattunkleider, die sie in der „Mission" bekommen; viele von ihnen gehen aber auch so wie die Männer.

Brief aus Kamerun vom 20. Jan. 1885. p. Ella Wörmann,
(welcher dem vorstehenden Bericht beigeschlossen war, angekommen in Nürnberg 25. Febr.)

„Liebe Eltern und Geschwister! Vom 9. d. datirt mein letzter Brief p. engl. Steamer Volta, und indem ich Euch hiermit herzlichst begrüße, bitte ich Euch, mir den Empfang eines jeden meiner Briefe anzuzeigen, und mir immer zu schreiben, wann und wie Euer letzter Brief ging.

Nicht genug kann ich Euch über Kamerun beruhigen; und ich schreibe das nicht nur, sondern es ist in der That nichts von dem zu befürchten, was Hören = Sagen verbreitet. Wir haben gutes Wasser, trinken es aber der Sicherheit halber nie ohne einige Tropfen Wein oder Cognac. Was meine Brust und Athmen anbelangt, so könnte ich mich nicht wohler fühlen! Was könnt Ihr mehr verlangen! Aber wie sieht es bei Euch aus? Hoffentlich noch besser als gut. Wann werde ich wohl von Euch hören? Sieben Wochen ohne Nachricht! Wenn ich nur nicht mehr lange warten muß!

Von meinem „Tagesbericht" lege ich Euch bei, so weit ich Zeit hatte, ihn zu schreiben. Viel habe ich nicht, denn von Morgens 6 bis 12 Uhr wird gehandelt; dann ist Frühstück, breakfast time; von 1 Uhr bis 4 Uhr wieder trade (Handel), und dann gehen wir an die Bücher; um 7 Uhr ist dinner, aber oft haben wir auch nach diesem noch zu thun, und das Handeln mit den Negern, die uns auf alle Weise chikaniren, macht oft sehr müde.

Auf Kleider und Wäsche muß man selbst achten, — wo bleibt da die Zeit zum Brief= und Berichtschreiben? Aber ich werde Euch über Alles unterrichten, nur langsam, nach und nach, darum bitte ich um Geduld.

Außer Euern mit Sehnsucht erwarteten Briefen möchte ich Euch bitten, mir auch regelmäßig irgend eine Zeitung zu schicken; Jeder hält hier seine eigene, die er aber nicht gerne aus den Händen giebt.

Wiederholt begleiten meine innigsten Grüße an Euch diese Zeilen! Bleibt Alle wohl und schreibt so oft Ihr Zeit und Lust habt Euerm treuen Sohn und Bruder."

Beigelegt war hier ein Zettel mit folgenden Bestellungen: „Bitte, seid so gut und schickt mir noch folgendes, sobald als möglich: 1. 2 Lein= tücher, eines habe ich schon, nicht fein, nur stark. 2. 3 Handtücher, am besten englische, sind billig, weich oder flockig, aber dauerhaft. 3. 3 Vorhemden mit feststehendem Umlegekragen, Weite 40 cm. 4. 2 ganz einfache schwarze Cravatten, wie sie Papa trägt, mit Binde, 5. 1 Flasche starken Odeur, Moschus oder etwas Besseres; auch etwas Insektenpulver. NB. Alles mit genauer Berechnung."

Brief aus Kamerun, vom 28. Jan. p. Steamer „Geiser".
(Angekommen in Nürnberg, gleichzeitig mit den beiden folgenden am 28. März.)

„Liebe Eltern und Geschwister! Noch immer ohne Nachricht von Euch, die ich aber mit unserer „Anna Wörmann" sicher er= warte, theile ich Euch heute nur mit, daß ich mich der allerbesten

Gesundheit erfreue, und hoffe, daſſelbe recht bald von Euch zu hören. Ein kleiner Dampfer der Firma „Geiſer" in Lagos kam heute hier an, und da von dort beſſere Verbindung iſt, ſo übergebe ich ihm dieſe Zeilen. Mein letzter Brief, datirt vom 20. Jan., ging mit unſerm Dampfer „Ella Wörmann". — Im Geſchäft bin ich gänzlich eingewöhnt, Arbeit iſt nicht zu viel, und angenehm und intereſſant. — Herr Schmidt, unſer hieſiger Chef, geht in aller Kürze nach Hauſe zum Beſuch. Der Friede iſt gänzlich hergeſtellt; täglich werden neue Landesſtrecken annektirt, aber Alles friedlich durch rechtmäßige Verträge. — Lebt wohl, lebt wohl, und ſchreibt recht, recht bald wieder und oft! Euch Allen tauſend innige Grüße von Eurem Carl. — Grüßet, bitte, alle Bekannte! —"

Brief aus Kamerun, 14. Febr. 1885.

„Theure Eltern, liebe Geſchwiſter! Mit Beſtimmtheit erwartete ganz Kamerun ſeit einigen Tagen unſern Steamer „Anna Wörmann"; jeder hatte andern Grund für den Wunſch des glücklichen Eintreffens, ich ben, weil er mir die erſten, lange und ſehnlichſt erwarteten Nachrichten von Euch, Ihr Lieben, bringen mußte! Nachdem am 9. dieſes Monats die „Möve" und der „Adler" den Fluß heraufgekommen, ſo daß jetzt vier deutſche Kriegsſchiffe hier liegen, tauchten am 10. abermals Maſten auf, und kurz vor Mittag lag die „Anna" hier vor Anker.

Aber welche Ueberraſchung: — Euer Packet mit Zeitungen, Euer Kiſtchen mit Euern lieben Zeilen und Eure Weihnachtsgeſchenke, — im Februar, hier in dieſer großen Entfernung zu erhalten! Ich ſage Euch Allen für Alles meinen innigen Dank, und obgleich Ihr mir es nicht ausdrücklich ſagt, ſo nehme ich doch an, daß Ihr Alle recht wohl ſeid, und es gleich mir immer geweſen waret und bleibt! — Euer Brief datirt alſo vom 18. Decb.; den vom 8. und die Poſtkarte nach Madeira habe ich noch nicht erhalten. — Ich lege meinen letzten Brief hier ein, den ich dem „Geiſer" über Lagos mitgeben wollte, der aber deßhalb zurückbleiben mußte, weil dieſes Schiff wegen der Ebbe vor der beſtimmten Zeit abfahren mußte, und unſre ſämmtliche Poſt zurückließ. — Briefe mit deutſchen Dampfern, wenn ſie dieſen Vermerk tragen, koſten 20 Pfg., mit andern Schiffen war es noch unbeſtimmt, doch denke ich, daß in Folge der Subvention unſre deutſchen genügen werden. — Die Bücher ſind mir ſehr willkommen, obgleich ich im Allgemeinen wenig an ſie komme. Ich hoffe jedoch, in

Kürze eine neue Faktorei, weiter nach dem Innern, allein zu bekommen, und habe dann vielleicht auch Gelegenheit, das mir geschenkte Skizzenbuch zu benützen. Hier bei uns ist die Gegend fast eben, das Gebirge einige Tagereisen entfernt, und das Wenige, was einer Aufnahme werth, wurde von den Berichterstattern der Zeitungen photographirt und habt Ihr wohl selbst schon gesehen. Es ist meist bush country, d. h. fast undurchdringliches Walddickicht, durchzogen von schmalen Wasserläufen des Kamerunflusses, ohne besondere landschaftliche Schönheit. Wegen wilder Thiere braucht Ihr nicht das Geringste zu fürchten. Es kommen keine zu uns, außer höchstens einmal eine wilde Katze, ein Affe, eine im Busch gefangene Schlange, und harmlose Eidechsen, Spinnen u. a., wovon ich sammeln werde, wenn ich erst allein bin, denn hier sammelt ein Jeder. — Anstrengende Arbeiten treten nicht an mich heran. Wir haben stets 100 Neger von der Sierra Leone hier, die nicht als Sklaven, sondern gegen gute Bezahlung arbeiten. Muß ich z. B. mit dem Boot den Fluß hinauf oder hinunter fahren, so haben wir dazu mehrere Ghiggs, welche von je 6 Schwarzen gerudert werden, während ich nur das Steuer führe. — Waffen haben wir ausreichend; einen guten Revolver kaufte ich billig auf einem englischen Dampfer, auf denen man überhaupt Alles bekommen kann. — Mit den Missionären kommen wir gar nicht zusammen; es ist ein alter Herr und eine alte Dame, die ich beide noch nicht gesehen; die eigentlichen Missionäre, welche ins Land gehen, sind nur Schwarze, die zuvor geschult werden. Ich werde nächstes Mal in ihre Kirche gehen, — es ist eine Baptisten-Mission.

Am 10. d. M. kam der „Professor Wörmann", der mich hierher gebracht, vom Süden zurück, und mit ihm geht dann dieser Brief. Er hatte einen Botaniker an Bord, Namens Soja, nebst Frau und einem halbjährigen Kinde, die ersten „Weißen", die ich nach zwei Monaten wiedersah, die in unserm Hause wohnen und die auch heute mit uns zu Tische waren. — Ihr fragt mich, besonders Du, liebe Mama, wie ich mich unter diesen „Schwarzen" fühle? Ich muß offen sagen, schon ganz gemüthlich; an das Unästhetische derselben bin ich längst gewöhnt. Die verschiedenen „Kings" sitzen zwischen uns bei Tisch in ihrer halbnackten Nationaltracht, neben dem Admiral, seinen Offizieren und Dr. Nachtigal, und benehmen sich sehr anständig.

Nun aber denkt Euch, während ich am 12. diesen Brief anfange, ruft mich Nachmittags Herr Schmidt, und überreicht mir den vermißten Brief, Euern ersten vom 8. Decbr. nebst den 3 Monatsheften „Es werde Licht!" Herr Schmidt nahm mir sofort meine Arbeit ab, indem er sagte, ich werde jetzt genug mit Lesen zu thun haben. Wahrhaft gerührt haben mich Eure ersten Willkommengrüße, die Ihr mir zu meiner Ankunft hierher gesandt, obgleich ich sie jetzt erst erhielt, und muß ich Euern Brief immer und immer wieder hervorholen.

Die Entbehrungen, liebe Mama, abgesehen vom „Trompeter von Säckingen", sind nicht sehr bedeutend, denn es ist ja sehr großer Verkehr hier; wenn ich vielleicht erst allein bin auf der andern Faktorei, wird es wohl etwas anders werden. Zum Lesen in meinen Büchern und Zeitungen komme ich im Ganzen wenig, dafür führen wir als Ersatz die interessantesten Tischgespräche, da ja mehrere offizielle Persönlichkeiten hier sind, und jeder von uns in der ungezwungensten Weise mitsprechen kann. Vor ungefähr 14 Tagen kam der „Adler" zurück von St. Vincent an der portugiesischen Küste, und brachte Depeschen für den Admiral. Dieser erzählte, daß seine Depesche über das hiesige Gefecht am 9. Januar in Berlin eintraf, theilte uns auch die Antwort, b. h. die Belobigung mit, die er für seine Mannschaft erhalten, und wir feierten diese Botschaft mit Champagner.

Eine andre Feier mußte ich letzte Woche leider versäumen. Aus Anlaß der bevorstehenden Abreise des Admirals, und der unsres hiesigen Chef, des Herrn Schmidt mit dem „Professor Wörmann" zum Besuch in die Heimath, hatten wir für Samstag d. 7. Februar 50 Personen bei uns zum Mittagessen geladen, darunter selbstverständlich in erster Linie alle Marineoffiziere. In der Nacht vom Donnerstag auf Freitag (5./6.) erkrankte ich nun plötzlich an einem sehr heftigen „Magenkatarrh", zugezogen durch Erkältung, und mußte die Tage mit heftigen Schmerzen das Bett hüten. In unserm großen Saal, der mit Palmen und Flaggen prachtvoll dekorirt war, wurde eine hufeisenförmige Tafel gedeckt, das nöthige Geschirr u. a. im ganzen Kamerunfluß zusammengepumpt, der Admiral gab seinen Schiffskoch und zwei Stewarte ab, im Garten waren farbige Lampions aufgehängt, die Geschwader-Musik concertirte, und ich mußte neben an, durch eine dünne Wand getrennt, im Bett liegen! Die verschiedenen Toaste, die der Admiral, Dr. Nachtigal u. A. auf den Kaiser, das Reich, die Marine, Wörmann u. a. ausbrachten, hörte ich alles von meinem Bett aus; statt der ausgesuchtesten Leckerbissen, Weine und Champagner, trank ich eine Tasse Cacao, und dazu hatte ich das Vergnügen, die halbe Nacht hindurch das Singen und Lärmen der besonders durch Ananas-Bowle angeheiterten Gäste zu hören, die am andern

Morgen zum festlichen Beschluß noch ein Katerfrühstück mit Katzenmusik hielten.

Seit einigen Tagen bin ich zum Glück wieder vollkommen hergestellt. — Euern Brief vom 8. Decmbr., den ich so lange vergeblich erwartet hatte, war mit dem englischen Dampfer „Cameroons" von Liverpool angekommen, auf welchem ich heute an Bord war, um einige Einkäufe zu machen, Hemden, Handtücher u. a., so daß ich jetzt für lange Zeit, außer den Euch bezeichneten und von Euch erbetenen Gegenständen, nichts nöthig habe.

Dein schönes süßes Weihnachtsgeschenk, liebe Mama, kam noch gut erhalten, nur etwas stark erweicht, hier an; da mein Magen damals noch kaum etwas mehr als Eier und Suppe vertrug, und ich das Gebäck doch nicht verderben lassen wollte, verschenkte ich es. — So viel bei unserm Abschiedsfest verzehrt worden ist, so können wir doch mit unserm Proviant nie auf die Neige kommen, da wir uns hier zu Land gegenseitig aushelfen. Wir haben frische Fische, Ziegen, Ochsen, und Wasser hier, und konservirte Gemüse, Erbsen, Bohnen u. a. können uns nicht ausgehen, eine Hungersnoth ist gänzlich ausgeschlossen.

Was ihr, meine lieben Geschwister, Euch wohl denkt, wenn Ihr hört, daß ich jetzt nur und ausschließlich mit schwarzen Menschen zu thun habe! Ich möchte Euch wohl so einen oder eine Kleine schicken, aber es geht nicht gut, Ihr müßt warten, bis ich Euch eines mitbringe! — Viele Neger bringen ihre kleinen Kinder mit ins Geschäft, die sie auf der Schulter sitzen haben; für unsre Zutraulichkeiten oder Zärtlichkeiten sind diese aber nicht empfänglich, sie schreien laut auf, wenn man sie nur ansieht.

Eure versprochenen Photographien erwarte ich mit nächster Gelegenheit, auch solche von Bekannten, wo Ihr welche auftreiben könnt. — Nun muß ich aber schließen, so gerne ich Euch noch mehr erzählen möchte, aber die Zeit läuft.

Sonntag Mittag, den 14. Febr., 2 Uhr verläßt der „Professor W.", der diesen Brief mitnimmt, Kamerun; er wird Euch hoffentlich Alle gesund antreffen, wie er mich vollkommen gesund verläßt, und überbringt Euch die innigsten, herzlichsten Grüße Eures treuen Sohnes und Bruders."

Brief des oben genannten Woermann'schen Chef, Herrn Schmidt, der am 14. Februar Kamerun verließ, um seine Familie in Berlin zu besuchen, addressirt an mich.

Geschrieben an Bord des deutschen Postdampfers „Professor Woermann."

15. Febr. 1885.

Im Begriff, für eine kurze Zeit nach Europa zurückzukehren, empfing ich soeben Ihren Brief vom 8. Decmbr. mit einer Einlage an Ihren Sohn.

Dieselbe ist ihm sofort zugestellt worden.

Um Ihren Wünschen einigermaßen gerecht zu werden, freue ich mich, Ihnen mittheilen zu können, daß Ihr Herr Sohn, der seit dem 8. Decmbr. hier thätig ist, sich im Fluge hier eingelebt hat.

Ich bin — um vorzugreifen — außerordentlich mit seinen Leistungen zufrieden, und auch mein Vertreter, Herr Gotthelf Wölber, hat mir stets nur Allergünstigstes über Ihren Herrn Sohn mittheilen können.

Beschäftigt ist Ihr Sohn in unserem Haupt-Magazin in Kamerun, woselbst er auch bleiben wird.

Vor 8 Tagen hatte er einen leichten Fieber-Anfall, der jedoch schnell vorüberging.

Ich halte es für außerordentlich günstig, daß er gleich im Anfange an der Malaria erkrankte, denn nach meinen langjährigen Erfahrungen acclimatisiren sich Leute schneller und gründlicher, wenn sie in den ersten Monaten kränkeln, als wenn der Malaria-Stoff sich im Körper aufhäuft und nach langer Zeit plötzlich zum Ausbruch gelangt.

Ueberdies sind wir jetzt sanitär besser bestellt, als je zuvor, neben 3 Doktoren (Deutsche) sind immer 2—3 Kriegsschiffe hier, so daß wir eine Auswahl von 5—6 Aerzten zur Zeit im Fluß haben.

Heute bin ich stark beschäftigt, ich werde Ihnen in Kürze gerne wieder einige Mittheilungen machen.

Ihr ergebener

Eduard Schmidt.

Kamerun, Tagebuchbericht. Fortsetzung, vom 20. Januar bis Anfang März 1885.

Der König und seine Häuptlinge (Chiefs), welche von den Handelshäusern Credit in Waaren bekommen, gehen mit ihren Leibeigenen in das Innere des Landes, und tauschen dort das Oel, Elfenbein und

Palmkerne gegen unsre Waaren ein. Die Landesprodukte, besonders Elfenbein, gehen jedoch meist nicht nur durch ein oder zwei, sondern durch sehr viele Hände, bis sie an die Küste gelangen, und steigen dadurch bedeutend im Preis, da jeder etwas daran verdient. — Es giebt auch bestimmte Markttage, an welchen sie zum Handeln (traden) zusammen kommen. Hat nun so ein Neger eine Quantität Waaren gesammelt, so kommt er zu demjenigen, der ihm Vorschuß (trust) gegeben, und verkauft seine Waaren gegen neue Güter; die ursprüngliche Schuld wird erst im Laufe vieler Jahre abgetragen, dazwischen, je nach Umständen, auch manchmal noch erhöht. Seine Nüsse und Oel werden dann gemessen in einem

	Kroo	Kigg	Bar
	1 =	4 =	20
hiesiger Geldwerth: £ 1	=	5 Schilling =	1 Schilling.

Wieviel Waare er bringt, das wird ihm auf einem Zettel notirt, und gegen diesen bekommt er dann zu jeder Zeit den Werth seiner Waaren in Waaren ausbezahlt. Wieviel sie zu bekommen haben, das wissen sie ganz genau, und beim Empfang dieser Güter verfahren sie mit der denkbar größten Peinlichkeit. Zeug, das nur ein Löchelchen wie einen Stecknadelkopf groß hat, wird von ihnen nicht angenommen; eine Flasche Rhum, wo nur einige Tropfen fehlen, wird zurückgewiesen; außerdem aber haben sie die Gabe, bei der Auswahl der Gegenstände uns unverhältnißmäßig lange zu plagen, so wie es vielleicht in europäischen Detailgeschäften der Fall ist.

Die Haupthandelsartikel sind: auf der einen Seite Elfenbein, Palmkerne und Palmöl, auf der andern: Zeuge, Reis, Hartbrod, Tabak, Salz und Fische, Rhum, Bier, Gewehre, Pulver, Säbel, Glas- und Metallwaaren, und überhaupt alle, alle Bedürfnisse der Neger befriedigenden Kleinigkeiten. Geld circulirt sehr wenig unter den Schwarzen; ca. 3 £ werden in der Woche als Münze von ihnen eingenommen.

Von diesen Schwarzen sich 10 Stunden lang „chikaniren" zu lassen, ist wahrlich kein großes Vergnügen, und dennoch ist dieses Treiben und Verkehren hochinteressant. Als ich heute Abends zwischen 5 und 6 Uhr gerade im Begriff war, das Magazin (shop) zu schließen, kommt noch Einer, und will einen Zettel, den sie book (Buch) nennen, bezahlt haben. Als ich ihm sage, daß für heute das Geschäft vorbei sei, er möge am andern Morgen kommen, fing er an, mir folgende Vorstellung zu machen in seinem Rigger-Englisch: „Please clerk, please Sir, my friend, pay me one gallon Rhum, and one faden cloth, than I go".

Auf meine verneinende Antwort fuhr er fort: „My boy live for die, I beg you pardon, pay me this book, change me powder for Rhum, I must cry for my boy, I want Rhum, I want cloth for dresse me. You be German, me be also German, you would not cry for your son." Endlich erweicht gab ich ihm etwas, bereute es aber andern Tags, als ich sah, daß er von seinem erhaltenen Rhum noch betrunken ankam, und er mir erzählte, „my son don't live for die, he be better, he live for go for bush now, now."

Die „Könige" etwas näher zu schildern, ist nicht ganz leicht. Alle stechen von ihren Unterhäuptlingen und ihren Leibeigenen durch schönen, regelmäßigen Körperbau auffallend ab, und dadurch, daß sie die größten und geschicktesten Händler sind, und die meisten Frauen haben. In diesen letzteren besteht der Reichthum eines Negers; die Mädchen werden schon vom 7. Jahre an verhandelt, und werden für solche, welche nach ihren Begriffen annähernd hübsch sind, 50—150 Kru, also 50—150 £ bezahlt. Nach Abschluß eines solchen Kaufes erhalten die Eltern vom Käufer ein Geschenk, wie auch die Frau eine sehr werthvolle Ausstattung erhält, wozu die ganze Verwandtschaft beisteuert, bestehend aus: Zeug, Schirmen, Kommoden, Blechkoffern, Hausgeräthen u. s. w. Durch nicht richtige Einhaltung dieser Landesgebräuche entstehen oft große und langdauernde Verhandlungen (palaver), welche sie jetzt angefangen haben, vor den Admiral zur Entscheidung zu bringen. Dieser bestimmte aber, daß Streitigkeiten, welche schon vor seinem kriegerischen Einschreiten begonnen hatten, nicht mehr vor ihn kommen dürfen.

Eines Tages unterhielt sich Admiral Knorr sehr lange mit King Aqua. Dieser fing an, den andern „Königen" gegenüber zu prahlen, daß er 5000 Unterthanen habe, und der beste trader (Handelsmann) sei. Der Admiral machte ihm nun klar, daß unser Kaiser 60 Millionen sogenannte „Unterthanen" hat, indem er vorzählte: 10,000, und noch einmal 10,000, und noch einmal, und so fort bis eine Million herauskam, und dann hinzufügte, daß König Aqua diese aus soviel mal 10,000 bestehende Million jetzt erst noch 60 mal sich vervielfältigt denken müsse. Darauf wußte Aqua vor Erstaunen sich nicht mehr zu helfen, und sagte nur, sehr kleinlaut geworden: your King then must be a big, big, big trader. (Da muß Ihr König ein groß, groß, groß Handelsmann sein.) Da hier der König der Hauptgeschäftsmann ist, so kann sich King Aqua folgerichtig von unserm König oder Kaiser keinen andern und keinen höheren Begriff machen.

Nun sollt Ihr aber auch hören, wie es bei unsern täglichen Mahlzeiten zugeht. Sie sind nach den Geschäftszeiten gerichtet, aber man muß doch sagen, sehr unpraktisch. Morgens um 6 Uhr kommt Thee und Cacao auf den Tisch, etwas Wurst, Käse u. dgl. Dann ist um 12 Uhr Frühstück, und zwar nach englischer Sitte sehr reichhaltig. Unsre Haupt-Fleischnahrung ist Ziegenfleisch, die es in Unmasse giebt, und der schwarze Koch versteht es auf die mannigfaltigste Weise zuzubereiten. Auf den Tisch kommt ein großer Roastbraten, Beefsteaks, Cottlettes, Geflügel; eine Speise der Eingebornen: Palmöl-shop, aus Geflügel, und Palmöl als Sauce, mit Yams, welches eine Knollenpflanze ist, wie unsre Kartoffel im Geschmack, und die wir von Madeira in großer Menge stets vorräthig haben. Dann kommen Bananen, in einem dünnen Pfannenkuchenteig gebacken, mit gekochten Früchten. Als Gemüse haben wir: Bohnen, Rothkraut, Sauerkraut u. s. w., welches Alles in Tonnen hierher kommt, und alle denkbaren andern Gemüsesorten, selbst die feinsten, in kleinen Blechbüchsen, vollständig mundfertig, so daß sie nur heiß gemacht werden dürfen. Nach diesem „Frühstück" nehmen wir zwischen 2 und 3 Uhr eine Tasse Thee, und um 7 Uhr ist das Mittagsessen. Es kommt dabei genau dasselbe auf den Tisch, wie beim Frühstück, nur — noch mehr! Geflügel mit curry (eine Pfeffersauce) zubereitet, Reis, sehr viel Eier, ein einheimisches Gewächs tweet potatoes, hie und da conservirte Zunge, Cornedbeef, Fische und dgl. — Diese Einrichtung ist deshalb sehr unpraktisch, weil, abgesehen vom zuviel überhaupt! — Abends 7 Uhr keiner mehr recht Appetit hat, indem man durch die Tagesarbeit ermüdet ist, und nicht mehr sehr lange aufbleibt.

Der Admiral und verschiedene andere Herren haben daher mit Recht angeregt, die Hauptmahlzeit auf Mittag zu verlegen, aber man will nicht davon abgehen, da es am ganzen river (Fluß) so Sitte ist. Zum „Frühstück" wird Bier, zum Mittagessen Wein getrunken, soviel ein Jeder Lust hat. — Ziegen, Hühner, Eier kaufen wir in unserm shop, und zahlen für 6 Eier 1 Schilling, für 1 Huhn 1 bis 1½ Schilling, für 1 Ziege 1—3 £, also sehr gesalzene Preise. Ueberhaupt kostet die Verpflegung für uns ein kolossales Geld, denn es wird Alles nur von den ersten Firmen geliefert, und an nichts gespart.

Dabei ist der Nutzen lange nicht so, wie man geneigt ist, anzunehmen. Die wöchentlichen Unkosten für Arbeiter, Löschen und Laden der Schiffe u. s. w. sind ganz enorm, und dabei ist der Umsatz seit Jahresfrist eher oder ganz sicher kleiner geworden.

Eine Strafe für irgend ein Vergehen ist das sogenannte stoppen,

b. h. das Verbot des Handelsgeschäftes für eine ganze Landstrecke. Neulich fuhr der Admiral mit einer kleinen Dampfbarkasse, und einigen Booten im Schlepptau, den Fluß hinauf, um mit den Wuri= und Abo= Häuptlingen Verträge zu schließen. Die Leute waren jedoch störrisch, zeigten Mißtrauen, es möchten durch die Marineboote Waaren beför= dert werden, und was thaten sie? Sie „stoppten" den Admiral, indem sie mitten durch den Fluß von großen Balken eine Barrière zogen, so daß die Boote nicht weiter konnten. Der Admiral verlangte, daß die Passage frei gemacht werde, was auch geschah, aber erst, nachdem man sich überzeugt, daß keine Waaren in den Booten waren. Zur Strafe dafür aber wurde dann vom Admiral für dieses ganze Gebiet der trade (Handel) verboten, und zur Durchführung dieses Verbots ein Wachschiff in den Fluß befohlen, welches kein Canoe der Neger mit Waaren durchläßt. Dadurch hofft man die Neger, die nun auch unsre Waaren nicht erhalten können, mürbe zu machen; es übt aber selbst= verständlich auf unser eignes Geschäft einen sehr ungünstigen Einfluß, obgleich wir trotzdem alle Hände voll zu thun haben.

Ueberdies ist unsre geplünderte Faktorei in Bell Town noch nicht wieder in Stand gesetzt, da die Bell=Leute, trotz deutschen Schutzes, vor ihren Feinden, den Joß=Leuten noch immer Furcht haben, und erst seit kurzem begonnen haben, ihre niedergebrannten Hütten wieder aufzubauen. Diese Joß=Leute haben beim Admiral um Frieden ge= beten, es wurde ihnen aber erklärt, daß sie erst den Mörder des Herrn Panthänius auszuliefern haben, weil man ganz bestimmt vermuthet, daß dieser ihr Häuptling selber ist. Ueber diesen würde kurzes aber strenges Gericht gehalten, während ein Neger, der vielleicht nur als der Misse= thäter vorgeschoben würde, nicht als solcher soll anerkannt werden. — Ist erst diese Angelegenheit ganz geordnet, dann haben wir dauernden Frieden. —

— An Früchten ist das Land ziemlich arm, nur Cokosnüsse und Bananen giebt es die Masse, ebenso eine runde Citrone; Apfel= sinen und Guaven, aber wenige, werden eingeführt. Unsre Obstsorten, die versuchsweise angepflanzt wurden, verändern sich vollständig, und wollen nicht gedeihen. — Wasser haben wir in einem gegrabenen Brunnen stets genug; es geht, ehe wir es trinken, durch einen Filter, soll aber doch, wie der Stabsarzt bei näherer Untersuchung gefunden haben will, Bacillen enthalten. —

— Seit Mitte Februar ist es bei uns etwas stiller geworden. Der Admiral hat sich auf einige Zeit zur Ruhe begeben, d. h. auf sein Schiff, den „Bismarck", zurückgezogen, welches von hier, eine zweistündige Bootsfahrt entfernt, auf der Rhede liegt. Die „Olga" wurde durch die „Möve" abgelöst, ein kleineres Kriegsschiff, dessen Offiziere nur sehr selten ans Land kommen. — Generalconsul Dr. Nachtigal und Herr Zöller reisten vor einigen Tagen nach Gaboon in den Süden. Von unseren eigenen Dampfern ist augenblicklich keiner hier, — aber wir erwarten täglich einen, der aus dem Süden kommt. — Der Vertreter Deutschlands, Dr. Buchner, ein geborner Baier, trat vor einigen Tagen eine etwa 14 Tage dauernde Reise an, um im Innern noch einige Gebietsstrecken durch Verträge zu annektiren. Er hat bisher immer in unsrer Faktorei gewohnt, in jüngster Zeit aber auf Anordnung der Reichsregierung ein früher der „Mission" gehörendes Haus angekauft, und so gut es in der kurzen Zeit ging, als Gouvernement-Gebäude eingerichtet. —

— Nun aber will ich Euch doch, da es Euch Alle, und besonders Dich, lieber Papa, interessiren wird, auch etwas Näheres von dem so gefürchteten Fieber schreiben, schicke aber ausdrücklich voraus, daß nicht im Mindesten Ursache vorhanden ist, daß Ihr Euch auch nur eine Idee ängstigt! Dasselbe beginnt gewöhnlich mit Schmerzen in den Gliedern, Erbrechen, Kopfweh, und geht dann in den eigentlichen Fieberzustand über, der meist nur ein oder zwei Tage anhält, oft Schmerzen, und stets eine ganz kolossale Mattigkeit verursacht. Wenn diese eingetreten, ist auch das Fieber, sofern man es am Puls oder Thermometer ablesen kann, verschwunden, erscheint aber nach Verfluß von ein oder zwei Tagen wieder, und dieser Wechsel wiederholt sich oft längere Zeit, bis er sich zuletzt ganz verliert.

Die Herren Aerzte, an denen wir hier keinen Mangel haben, die Herren Dr. Buchner, Dr. Nachtigal, und dazu die Marine-Aerzte geben als einziges Mittel dagegen Chinin, wovon stets ganze Flaschen voll, zwischen Brausepulver, Wein, Bier, Liqueur, Cognac u. a. auf unsrem Buffet im Speisesaal zum allseitigen Gebrauch bereit stehn. Was jedoch für mich das Neue hier war, das ist der Umstand, daß die Aerzte dieses Chinin nicht während der Dauer des Fiebers geben, um es herunter zu bringen, sondern sie ordnen jedem Kranken an, daß er genau darauf achten müsse, wenn das Fieber zu verschwinden beginnt, — dann erst sollen sie davon nehmen, um das Wiederkommen desselben zu verhindern. Daß einer solchen Verordnung sehr schwer nachzukommen, daß es oft dem Kranken gar nicht möglich ist, zu beobachten und zu beurtheilen, in welchem Augenblick, oder um welche Zeit sein Fieber thatsächlich im Schwinden sei, das liegt auf der Hand und muß daher eine solche

Vorschrift ihren Zweck in vielen, wenn nicht den meisten Fällen vollständig verfehlen. Es ist nun hier mit den Herren so weit gekommen, daß bei dem geringsten, harmlosesten Kopfweh, oder überhaupt beim ersten Gefühl von Unbehaglichkeit, die von selbst wieder sich gegeben hätte, Jeder sich einbildet, ein Fieber sei im Anzug, sofort sich Chinin aus der Flasche nimmt, und daß man dann, wenn das Gefürchtete nicht gekommen, sich einredet, die Medizin, das Chinin habe das Wunder gethan!

Bei meinem Unwohlsein im Anfang des Februar hatte ich zwei Tage lang unbedeutend Fieber, 38—38½°. Ich war der Meinung, es sei das die einfache Folge meines damaligen Mogenkatarrh, und sagte das auch dem mich behandelnden Stabsarzt; dieser aber behauptete ganz entschieden, es sei das gefürchtete Fieber. Als ich ihm mittheilte, daß ich zeitlebens bei jeder Erkältung immer etwas leicht zu Fieber geneigt war, da wollte er aber doch alle möglichen Anzeichen finden, daß das gegenwärtige nicht das gewöhnliche sei. Am dritten Tag war mein Fieber ganz weg und kam auch nicht wieder, und als ich am vierten Tag wieder auf war, aber noch keinen Appetit hatte, ließ mir der Generalconsul Dr. Nachtigal sagen, ich solle etwas essen, um keinen leeren Magen zu haben; er wolle mir, damit das Fieber ganz sicher nicht wieder komme, etwas Chinin geben. — Ich konnte mich noch kaum aufrecht auf den Füßen halten, entschloß mich aber trotzdem ins Geschäft zu gehen, nahm kein Chinin, und — das Fieber blieb auch ohne dieses aus.

Ich glaube nun auch ganz bestimmt, daß dieses bisherige Fieber nicht, wie man meist annimmt, blos in der Luft liegt, nicht blos von den ungesunden Ausdünstungen kommt, sondern daß mehr oder weniger ein Jeder seine eigene Schuld daran trägt. Abgesehen von der Unmäßigkeit, oder auch schon Unachtsamkeit im Trinken, glaube ich, daß man hier nicht vorsichtig genug mit der Kleidung umgeht. Die Meisten tragen eine ganz leichte Kattunhose, recht weit und luftig, daß der Wind gehörig hineinblasen kann, eine leichte Unterjacke, und ein leinenes Hemd; wenn Niemand da ist, gehen sie in Hemdärmeln, kommt Jemand, dann wird der Rock angezogen, und kommt die kühlende Brise vom Meer her, wieder ausgezogen; Nachts schläft man bei offenem Fenster und offnen Thüren, wenn irgend möglich absichtlich im Zug, und beinahe unbekleidet. Das wäre für mich mehr als zu viel! Ich trage vielmehr von oben bis unten halbwollenes Unterzeug, das ich in ausreichenden Mengen besitze, meist Tuchhose und Hemd, und wenn ich bei Tische ruhig sitze, oder die geringste Seebrise aufkommt, meinen Rock. Dabei muß ich freilich etwas mehr schwitzen als die andern Herren, bin aber durch meine Unterkleider gegen Erkältung umso geschützter. Das Haar trage ich ganz geschoren, dabei aber einen umso stärkeren Vollbart. —

— Eine Funktion, die Ihr mir zu Hause oft lange prophezeit hattet, ist mir richtig hier übertragen worden. Da ich nämlich unaufgefordert behauptete, daß ich mich gut dazu eigne, so wurde mir das in diesem Lande außerordentlich wichtige und ehrenvolle Amt des „Proviant-Verwalters und Küchen-Vorstandes" übertragen, als welcher ich dafür zu sorgen habe, daß Genügendes und nur Gutes auf den Tisch kommt. Freude macht es nicht viel, weil auch hier „die Geschmäcker verschieden", und Jeder meint, heute hätte er das, und der Andere gerne etwas Anderes gewünscht. Sage ich dem schwarzen Koch einmal, dies oder jenes war schlecht — theis chop (Gericht) no fit for white men („es paßt nicht für Weiße") dann antwortet er mir im gleichen Kamerun-Englisch: there is no difference between white men and black men; all chop what fit for black men also fit for white men („es ist kein Unterschied zwischen Weißen und Schwarzen, was für die Weißen paßt, paßt auch für die Schwarzen"). — Augenblicklich ist unser Proviant etwas auf der Neige; unsre Gemüse sind, was sehr vermißt wird, alle, weßwegen wir desto mehr Eier verzehren; Bier und Wein nicht eine Flasche mehr, aber wir haben jetzt auf der „Möve" Capwein gekauft, der gegen das Erschlaffende des Klimas wenigstens etwas erregend wirkt. — —

— Heute, am 1. März, steht im Kalender Sonntag, aber für uns ist es keiner. Unser Segelschiff „Dorothea", das Kohlen hierherbrachte, geht mit Ballast nach Indien, um Reis zu holen; es soll schon übermorgen weg, und deßwegen mußten wir den Sonntag heute benutzen, — wenigstens bis zum Nachmittag, — um das Schiff zu füllen, was mit Sand geschieht, den wir von den Sandbänken in unsrer nächsten Umgebung wegnehmen. Glaubt oder fürchtet aber ja nicht, daß von uns Weißen Einer mit geschaufelt hätte, wir gingen nur mit, um die Arbeit der Schwarzen in Gang zu halten, weil diese oft sehr faul sind. In diesem Schiff, einem eisernen Vollschiff, war kurz vor seiner Ankunft hier Feuer ausgebrochen, d. h. die Kohlen hatten sich selbst entzündet, und nur mit dem Aufgebot aller zur Verfügung stehenden Hände, und mit der Unterstützung von Seiten unsrer Kriegsschiffe gelang es, das Schiff zu retten. — — —

— Etwas sehr Interessantes muß ich heute Euch mittheilen, weil es mir eben einfällt. Es ist die Vielseitig- oder besser Vielartigkeit der Neger-Sprache. Schon in ganz kurzer Entfernung, in der nächsten Umgebung von hier, ist die Sprache, die gesprochen wird, ähnlich aber doch verschieden von der hiesigen. Außerdem aber haben sie noch die Trommelsprache. Sie machen sich Trommeln aus ausgehöhlten Baumstammstücken, die an den beiden Enden geschlossen bleiben, und nur einen rechteckigen schmalen Einschnitt haben, auf dem sie mit zwei Hölzern trommeln. Diese Mittheilung aber benutzen sie meistens dann, wenn sie von einem Dorf zu einem andern sprechen, dahin etwas sagen, fragen oder antworten wollen, wenn sie überhaupt Jemand in der Ferne irgend schnell eine Nachricht geben, wenn sie Bekanntmachungen weiter verbreiten wollen. Geschieht hier am Ort etwas Außergewöhnliches, so ist es am andern Tage schon weit im Innern bekannt, das eine town (Dorf) trommelt es aus, das nächst gelegene wiederholt es, und so immer die nächstentfernten, und nach allen Richtungen hin. Dabei ist aber wieder das Eigene, daß diese Trommelsprachen unter sich nicht alle gleich, sondern auch wieder verschieden sind, und beßwegen oft die Nachrichten erst von der einen in die andre übersetzt werden müssen. Es giebt auch Trommeln aus gehöhltem Holz, die mit einem Fell als Trommelfell überzogen sind, und für die gleiche Art der Mittheilung benutzt werden. In Ermangelung von Trommeln und auf kurze Entfernungen hin ahmen sie die harmonischen Töne solcher Trommeln durch Pfeifen mit dem Mund nach, was ebenfalls hübsch klingt, und eine weitere Art der Sprache ist. Dieses Pfeifen ist jedoch nicht hell wie bei uns, sondern es sind tiefere, aus der Brust kommende Töne. Hat z. B. ein Weißer eine größere Unterhandlung mit Schwarzen wegen Streitigkeiten, und der Weiße kennt die Trommelsprache, auch die eines andern Stammes, so daß sie sich ihn verrathen würden, wenn sie glaubten, in dieser andern von ihm nicht verstanden zu werden, dann haben sie noch eine andre Art, um, ohne daß der Weiße es versteht, unter sich zu verhandeln; — sie trommeln einander zu „auf der Brust", die sie anscheinend aufblasen, und dadurch deutlich zu unterscheidende Töne hervorbringen. Dabei sind es aber auch wieder die Töne nicht allein, welche die Sprache ausmachen, sondern auch der Rhythmus, der zur Anwendung kommt, ob kurz ob langsam die Schläge aufeinander folgen, ganz ähnlich wie bei unserm Telegraphensysteme. Da darf man wohl fragen, ob das nicht Künste, nicht Beweise angehender Bildung sind? Dazu sprechen und schreiben Einige gut Englisch, — was kann man mehr verlangen!

Die Schwarzen finden überhaupt von ihrem Standpunkt aus den einzigen Unterschied zwischen sich und uns in der Hautfarbe. —

Während ihnen früher von den Engländern vorgeschwatzt wurde, die Deutschen wären nicht viel, hätten keine Schiffe u. s. w., bekommen sie jetzt doch eine andre Ansicht, nachdem sie unsre vier Kriegsschiffe im Fluß gesehen haben. — — —

Von einem sehr großen Gerechtigkeitsgefühl haben sie mehrfache Beweise gegeben. Sie setzen in die europäischen Leute ein Vertrauen, wie wir bei uns selbst es vergeblich suchen. Das Oel, das sie bringen, wird auf ihren Namen in unser Buch eingetragen, sie bekommen nicht die geringste Bescheinigung, und im Jahr kommt es vielleicht ein einziges Mal vor, daß über ein Guthaben ein kleiner Streit entsteht. Ueberhaupt die Zettel, die sie für andre Dinge bekommen, nehmen sie in gutem Glauben an, daß das, was sie brachten, auch richtig darauf notirt sei, — sie selber können es nicht lesen, und oft dauert es Jahr und Tag, bis sie ihren Zettel zum Umtausch vorzeigen. Alles aber, was sie in dieser Weise guthaben oder schuldig sind, sollen sie, sagt man mir, dadurch ganz genau im Gedächtniß behalten, daß sie jedes mal ihren Weibern, und zwar jeder einzelne von ihnen einen Theil der Summe zum Merken und Behalten aufgeben, und von diesen sich von Zeit zu Zeit wieder sagen lassen, damit der Handelsmann selbst nicht Alles für sich allein behalten müsse. Also lebendige Geschäftsbücher bei diesen Negern!

—. — Mittwoch d. 4. März verbreitete sich die Nachricht, ein Kriegsschiff sei auf der Rhede angekommen und wir glaubten selbstverständlich, es sei eines von den neuen, die hierher commandirt wurden. Gegen 9 Uhr kam jedoch eine Dampfbarkasse mit einem Boote im Schlepptau in Sicht, welches eine uns Allen ganz fremde Flagge führte. Nicht lange, und die Barkasse kam, nachdem sie unterwegs bei der „Möve" angehalten hatte, auf unsere Faktorei zugefahren, aber — wer stieg aus? — ein alter, ehrwürdiger Herr mit drei jüngeren im Gefolge. Wir rüsteten uns schnell auf vornehmen Besuch, — und siehe da, es war der Commandant eines russischen Kriegsschiffes mit seinen Offizieren; sie kamen von China und waren auf der Heimreise begriffen. Alles freute sich auf einige vergnügte Stunden. Wie aber wurde erst meine Freude gesteigert, als mir aus einem großen Postbeutel heraus, den die Barkasse mitgebracht, eine Kreuzbandsendung überreicht wurde, — Eure Zeitungen vom 22./23. Januar, und Papas Monatshefte: „Es werde Licht!" Aus den erstern, die ich hastig durchsuchte, und die Papas Mittheilungen über meine glückliche Ankunft enthielten, erfuhr ich zum ersten Mal, daß Ihr meinen ersten Brief von hier Ende Januar schon erhalten hattet. Ich war jenen Tag allein im Shop (Magazin); die 50 Neger warteten gerade auf ihre Auszahlung, warteten aber ganz gedulbig wohl über eine Viertelstunde, keiner wagte mich in meinem Lesen zu stören; sie hatten offenbar gemerkt, daß ich etwas für mich sehr Wichtiges vor mir habe. Ob auch ein Brief mitgekommen, hatte ich über meiner ersten Freude und Ueberraschung ganz zu fragen vergessen, es war auch nicht der Fall. Dafür bringt mir sicher unser „Carl Wörmann" einen, den wir in 4 bis 5 Tagen erwarten.

Das russische Kriegsschiff hatte nämlich in Fernando Po die dort liegende, wahrscheinlich von einem Cap=Dampfer abgesetzte Post für Kamerun mitgenommen; den Namen des Schiffes sowie der Offiziere habe ich, weil es russische sind, nicht behalten. Der Capitän sagte uns, er hätte seinen Offizieren nur Gelegenheit geben wollen auch dieses Land kennen zu lernen; er sprach englisch, französisch und deutsch und bedankte sich herzlich und fast nur zu oft für die gastliche Aufnahme, die er hier gefunden. Nachdem die Herren gemeinschaftlich mit uns gefrühstückt, traten sie am gleichen Tage noch die Weiterreise an. —

— Auf eines möchte ich Euch aufmerksam machen. Die mit unsern Dampfern beförderte Post geht meist von Havre aus nach Deutschland. Der Dampfer selbst braucht noch zwei Tage bis Hamburg, und 3 bis 4 Tage zum Löschen und Laden im dortigen Hafen, so daß also über eine Woche Zwischenraum bleibt, den ich Euch zu benutzen bitte, um mir schnellstens auf meinen angekommenen Brief zu schreiben; auf diese Weise komme ich am raschesten in den Besitz von Nachrichten von Euch.

— Wenn meine Briefe manchmal falsch frankirt, oder unfrankirt ankommen, müßt Ihr mich entschuldigen; im ersten Fall ist's ein Versehen, im letztern mir nicht möglich, wenn z. B. der Brief mit einem englischen Dampfer abgeht. —

Brief aus Kamerun vom 10. März 1885, p. „Anna Wörmann.
Angekommen in Nürnberg am 19. April.

„Liebe Eltern und Geschwister! Kaum waren wir gestern Morgen ins Geschäft gegangen, als durch Hissen der Flagge auf einer der Hulks ein sich nahender Dampfer gemeldet wurde, den wir für unsern „Carl" hielten, welcher am 6. März fällig war, und mit welchem Jeder sehnlichst erwartete Briefe und Nachrichten zu erhalten hoffte. Es war jedoch die vom Süden kommende „Anna", und ich muß mit ihr meinen Brief absenden, ohne von Euch gehört zu haben.

Mit umso größerer Spannung sehen wir nach neuen Masten aus, lange können und dürfen sie ja nicht ausbleiben.

— Letzten Sonntag schrieb ich die letzten Zeilen an dem vorstehenden Bericht, als ob ich eine Ahnung gehabt, daß er bald abgesandt werden muß.

— Wie mag es wohl bei Euch zur Zeit aussehen? Noch tiefer Winter, — und, wenn diese Zeilen in Eure Hände kommen, vielleicht schöner Frühling, und doch wieder, wie ganz anders im Vergleich mit hier, mit dieser ewig grünen, nie sterbenden Natur! Wie mag es Euch aber in der Zwischenzeit ergangen sein! Es ist so lange, lange her, daß ich von Euch gehört habe, und wie viel, wie viel habe ich an Euch Alle gedacht, und mir Vorstellungen und Gedanken gemacht über die schnelle Veränderung in meinem Leben!

Die Zeitungen und Deine Hefte lieber Papa, habe ich mit großem Interesse gelesen; ich bin Dir sehr dankbar, daß Du sie mir regelmäßig zuschickst. Welche Neuigkeiten bringt wohl Euer nächster Brief? Hoffentlich könnt Ihr mir über Euch selbst nur Gutes berichten, und bitte ich Euch, liebe Geschwister, mir auch regelmäßig etwas zu schreiben.

Euch Allen sende ich zum Schluß meine innigen Grüße! Deinen Kuß, liebe Mama, erwiedere ich in Gedanken, und bleibe Euer treuer Sohn Carl.

Grüßt, bitte, alle Verwandte und Bekannte."

Nachschrift. „Der Mensch denkt, und Gott lenkt", — nach dem Sprichwort. Die „Anna" wurde heute nicht fertig und verläßt uns erst morgen, den 11. März, daher ich noch einige Zeilen beifüge. Schon glaubte ich vorstehenden Brief absenden zu müssen, ohne Nachricht von Euch erhalten zu haben, als heute Abend, als es schon stockfinster war, zwischen 6 und 7 Uhr, eine Dampfbarkasse den Fluß herauf kam, die wir zuerst für die des „Bismarck" hielten. Als sie aber unaufhörlich pfiff, und in der Mitte des Stromes liegen blieb, fuhr ich selbst mit einigen unsrer Schwarzen im Boote ihr entgegen, um zu fragen, was sie für ein Verlangen habe. Es war die Barkasse des englischen Dampfers „Nubia", der viel Post brachte, und ich fuhr dann mit dem Capitän zu einem der den Fluß aufwärts wohnenden Engländer, an welchen die Post abdressirt war. Dort suchten wir die fünf großen Postbeutel aus, die meist Marine-Sachen enthielten, aber auch Post für uns, — und zu meiner außerordentlichen Freude! — auch für mich! Es war Euer Brief vom 8. Januar, Poststempel 9., via England. Welche Ueberraschung in stockdunkler Nacht! Bis Mitternacht und nach Mitternacht saß ich dann vor Eurem Briefe, ich konnte mich lange nicht von ihm trennen, — von Euern lieben Berichten, — in der Einbildung sprach ich mit Euch selbst! Doch ich muß mich kurz fassen, die Zeit fließt. Theure Eltern! Daß Ihr Euch Sorgen um mich gemacht habt, glaube ich; aber nachdem Ihr jetzt mehrere meiner Briefe in Händen habt, ausführliche Berichte über mein vollständiges Wohlsein und über Alles, wie es mir hier geht und wie ich so ganz zufrieden bin, so erwarte ich jetzt, daß Eure Sorgen und Befürchtungen vollständig verschwinden, und daß sie nie wieder aufkommen!*) Wünsche, liebe Mama, habe ich für die nächste Zeit keine; ich habe mich in Hamburg gut ausgerüstet, und sollte ich unerwartet etwas gebrauchen, so kauft man auf den englischen Dampfern gut und billig, indem jeder Matrose dort seine Verkaufsbude hat. — Brief vom 6. Decbr., Packet v. 21. Decbr., Kreuzband v. 27. Januar, Brief vom 8. Januar richtig erhalten. — Deine Fragen, lieber Papa, sind beantwortet; ich glaube in meinen Berichten Euch so ziemlich Alles, was Euch fürs Erste interessirt, mitgetheilt zu haben, und werde meine Erzählungen fortsetzen. — Ueber meine Collegen das nächste Mal. —

Euch lieben Geschwistern Allen besten Dank für Eure lieben Zeilen! Fest hoffen wir noch, daß der „Carl" ankommt, ehe die „Anna" geht, und er wird mir sicher einen weiteren Brief von Euch bringen. Euch Alle hoffe ich wohl, bleibt es immer, und nun Adieu, Adieu!"

— . — Noch lag ein kleines Zettelchen bei, worauf stand: „Da verschiedene der hier anwesenden Herrn beauftragt sind, für Museen zu sammeln, d. h. Gebrauchs- und Kunstgegenstände u. a. der Neger, die gewiß historischen Werth besitzen, so könnte vielleicht das „Germanische Museum" ebenfalls Interesse haben, solche Dinge zu erhalten, die ich sehr leicht beschaffen kann. Einige wenige habe ich bereits für mich angekauft, werde sie aber ruhig liegen lassen, da es unmöglich ist, dieselben an Privatpersonen zu schicken, wegen des enormen Zolls, der dafür bezahlt werden muß, — eine Erfahrung, die viele der betreffenden Herren hier wiederholt gemacht haben. Ich würde zu obigem und ähnlichem Zweck gerne es übernehmen, Gegenstände anzukaufen, die zu Spottpreisen zu haben sind."

---

*) Diese so ganz zuversichtlichen Worte kamen in unsre Hände am 19. April, wo Tags darauf sein letzter Fieberanfall eintrat, der 10 Tage später seinem Leben ein so jähes Ende machte!

Brief aus Kamerun vom 21. März 1885. p. „Adler".

<small>Angekommen in Nürnberg 13. Mai.*)</small>

„Theure Eltern und Geschwister!" Welch große Ueberraschung und ungemeine Freude Euer Brief vom 8. Januar via England mir gemacht, das wird Euch mein Brief vom 11. b. gesagt haben, den die „Anna" mitgenommen hat, den Ihr wahrscheinlich erst nach diesem erhaltet, weil sie, wie alle unsre Schiffe die Küstenstationen anlaufen muß, während der „Adler", dem ich diesen mitgebe, direkt nach St. Vincent und Wilhelmshafen geht.

Ich sandte Euch einen langen, langen Brief,**) denn wenn Ihr Euch so anstrengt, und mir Alle soviel erzählt, dann darf ich doch nicht zurückbleiben, wo es hier des Schreibens und Erzählens so viel giebt. Heute muß ich mich jedoch kürzer fassen, und Dir, liebe Mama, etwas von unsrer Haushaltung berichten, weil Du mich danach gefragt hast. Weibliche Donnen walten nicht bei uns; unsre sechs Boys, im Alter von 7—10 Jahren, besorgen Alles unter Aufsicht eines in der Mission angelernten Ober-Stewart. Sie richten die Zimmer, machen die Betten, die ja sehr einfach sind, wichsen die Stiefel, spülen das Geschirr, Messer, Gabeln, warten auf bei Tisch, kurz verrichten Alles, was im Hause nöthig ist. Unter Verschluß haben wir selbstverständlich Alles. Wir geben ihnen die einzelnen Sachen heraus, und ziehen sie wieder ein. Wäsche giebt jeder selbst weg, und ist das bei uns ein Hauptgegenstand, da man zum Allerwenigsten täglich wechseln muß. Diese Jungens sind meist Kinder von angesehenen Schwarzen, die sich eine Ehre daraus machen, wenn wir sie annehmen. —

— Eure Erzählungen über das schöne Weihnachtsfest, wo ich im Geiste so lebendig bei Euch war, und Ihr auch die von mir für Euch bestellten Blumen richtig erhalten habt, haben mich sehr erfreut. Wenn Ihr vielleicht mit einer gewissen Unruhe und Besorgniß an mich gedacht habt, so hat Euch mein Brief, der am 25./27. Decbr. bei Euch eintraf, jedenfalls vollständig beruhigt. —. —

— Endlich ist auch am 13. März Nachmittags Euer so sehnlich von mir erwarteter Brief vom 19. Januar via England, nebst Zeitungen, richtig in meine Hände gekommen. Wenn Ihr aber vermuthet, daß der Capitän unsres Schiffes, „Prof. Wörmann", der mich hierher brachte,

---

<small>*) Welche Freude für uns, — und doch war er bei Ankunft dieses Briefes schon 14 Tage todt, ohne daß wir eine Ahnung davon hatten!
**) Es ist der vorhergehende, der wider Erwarten sehr frühe ankam.</small>

in Monrovia schon etwas von dem hiesigen Aufstand gehört hatte, und deswegen ohne uns diesen Grund anzugeben, schneller gefahren sei, so seid Ihr im Irrthum; er hatte vielmehr von Hamburg aus Auftrag seine Fahrt so einzurichten, wegen der Verpflichtung unsres Hauses gegenüber anderen hiesigen Firmen. Obgleich das Gefecht schon am 21./22. Decbr. stattgefunden, konnten doch die Depeschen erst am 31. weggehen, weil kein Schiff da war, um sie zu befördern, da die Kriegsschiffe selbst am Platz bleiben mußten.

Ueber unsern hiesigen Chef=Vertreter, Herrn E. Schmidt, stand viel Falsches, sogar Unwahres in den Zeitungen, über seine Beziehungen zu den Königen, seine Reise u. s. w., was aber Alles natürlich nicht von ihm ausging. Was Du sonst, lieber Papa, fragst, über Fieber, anwesende Aerzte, u. a. habe ich Dir bereits beantwortet.

Die Engländer sind jetzt ausnehmend liebenswürdig gegen uns, doch fragt es sich, ob dieses Benehmen bei allen ein aufrichtiges ist. Sie thun uns jeden Gefallen, helfen uns, wenn nöthig, mit Proviant aus, mit Booten beim Löschen und Laden unsrer Dampfer, haben aber allerdings auch Gegendienste von uns. —

— „Etienne de Szolc, (Scholz) Rogozinski, chef de l'expedition africaine en recherche des lacs de Liba. — Varsovie. — Afrique. Cameroons", so lautet die Visitenkarte des durch die Zeitungen Euch oft genannten Polen, der unsre Gegend unsicher macht. Ehe er dieses that, hat er von Herrn E. Schmidt eine große Summe Geldes gepumpt, soll sich aber dann sehr gemein benommen haben. Noch kurz vor Herrn Schmidts Abreise nach Europa kamen eines Abends Leute von Bimbia und brachten einen zerbrochenen deutschen Grenz= oder Flaggenpfahl, den Rogozinski hatte ausreißen lassen, worauf der Admiral beschloß, ihn gefangen zu nehmen. Herr Schmidt machte sich sofort mit einem unsrer Boote und einigen Kru=Negern auf den Weg, hatte aber das Unglück, daß der Pole gerade mit einem englischen Kriegsschiff abfuhr, als Herr Schmidt landen wollte. —

— Sehr gefreut hat mich, liebe Mama, daß Du mir schriebst, unsre Martha fühle sich diesen Winter wieder wohl; möge es so bleiben! Euch Allen, liebe Geschwister, vielen Dank für Eure lieben Grüße! Du, kleine Bertha, hast ja ganz hübsche Fortschritte im Schreiben gemacht; wann werde ich wohl von Dir, unsre Allerkleinste, meine liebe Thekla, die ersten selbstgeschriebenen Buchstaben sehen? —

— Unser Chef=Vertreter, Herr Eduard Schmidt ist ein kleiner sehr lebhafter Herr, 25—26 Jahre alt, sehr lustig und fidel, tüchtiger Geschäftsmann, Berliner von Geburt. Er war früher in dem Hamburger

Chokoladen- und Confituren-Geschäft von Reese & Wichmann, für das er zuletzt reiste. Um einer neuen Sorte Bonbons Eingang und Absatz zu verschaffen, machte er in Berlin eine Luftschifffahrt mit, und streute die neuen Bonbons auf die untenstehenden Zuschauer aus. Er war über drei Jahre an der Küste. Herr Gotthelf Wölber kam nun schon zum zweiten Mal heraus; er war früher bei der Firma Jantzen & Thormählen, und versteht das Geschäft ebenfalls sehr gut. Er ist vielleicht ein wenig älter, als Herr Schmidt, imponirt mehr, besonders durch sein ruhiges Wesen. — Herr Jürgens, früher Seemann, kein gelernter Kaufmann, blieb hier an der Küste, und wurde ins Geschäft eingelernt, dem er nun in seinem Fache, nämlich dem Verkauf, sehr gut vorstehen kann. — Herr Warnke ist Schlosser; er kam heraus, um die eisernen Häuser zu bauen, und hat, in Ermangelung von Personal, vor einiger Zeit die Faktorei in Dido Town erhalten. — In Victoria und Bimbia ist je ein junger Mann, Herr Stehr und Herr Krohn allein. Außer diesen haben wir einen weißen Zimmermann, und als Küfermeister einen ehemaligen Matrosen. Mit dem „Carl", den wir erwarten, kommen noch 3 neue Leute hinzu. —

— Ungeziefer von Insekten haben wir die schwere Menge, besonders eine Art Eintagsfliege, „Termiten" genannt, die Abends mit den Landbrisen in ganzen Schwärmen kommen, und das Licht unsrer Lampen aufsuchen. Um 6 Uhr ist z. B. unser Tisch gedeckt, und zwar immer auf der Veranda. Wir zünden dann gleich die Lampen an, und da sammeln sich diese Fliegen massenweise, verbrennen sich die Flügel, und liegen dann um 7 Uhr zu Hunderten auf unsrer Tafel, daß sie mit dem Besen weggekehrt werden müssen. Werden die Lampen erst angezündet, wenn wir zu Tisch gehen, so krabbeln diese kleinen Bestien in Tellern, Schüsseln und Gläsern herum, — höchst unappetitlich, aber nicht zu ändern. —

— Der Uebergang von Nacht zu Tag, wie umgekehrt, ist ein sehr plötzlicher; Morgens $1/_{2}6$ Uhr wird es, ohne Uebergang einer Dämmerung, auf einmal hell, wie Abends $1/_{2}7$ Uhr dunkel. — —

— Sehr erlustigt haben wir uns an der Menge falscher und höchst lächerlicher Zeitungsberichte über hier, die uns aus allen möglichen Blättern eingesandt wurden, und vielleicht von schreiblustigen Matrosen geschrieben waren. —

— Wenn ich wüßte, wohin ich mich zu wenden, hätte ich wohl Lust, von Zeit zu Zeit in eine unserer größeren Zeitungen, die du mir vielleicht nennen oder mich an sie empfehlen könntest, Mittheilungen über hiesige Vorgänge, das Leben und Treiben, die Feier von dem oder jenem Feste, zu senden, selbstverständlich mit Beiseitelassung alles blos Geschäftlichen. —

— Nun muß ich aber noch eine Bitte an Euch richten, liebe Eltern, d. h. eine kleine Bestellung machen. Da wir im Geschäft ohne Rock arbeiten, d. h. im Hemd gehen, so braucht man deren sehr viele, da sie schnell verschwitzen, und doch immer rein sein müssen. Ich kaufte mir auf einem englischen Steamer bereits farbige Hemden, aber das ist mir etwas zu kostspielig, weil die Wäsche hier ziemlich schlecht behandelt wird. Ich bitte Euch daher, mir eine Art Turnjacken machen zu lassen, aber nicht von Turntuch, sondern von einem feinen, vielleicht etwas gemusterten Drillich, ähnlich wie mein Anzug beim Militär war. Auch wünsche ich keine Umlegekragen, sondern einen niederen Stehkragen, vorne nicht offen, sondern oben am Hals mit Hesteln geschlossen, wie die Militärkragen, aber natürlich so bequem und so weit als möglich. Auf der Brust sollen sie zum Knöpfen sein, aber nicht zu lang, und entweder, wie die Militärdrillichjacken, mit einem kleinen Schooß, also Taillenfaçon, oder an dieser Stelle mit einem Zug, der unter der Jacke geknöpft wird. Der richtige Name dürfte Blouse sein. Von diesem Drillichzeug wünsche ich 3 Stück; und dann aus gebleichtem weißen Stoff ebenfalls 3 Stück, aber keine gewöhnliche Leinwand, sondern stärker. Diese Jacken halte ich für sehr billig, vielleicht das Stück 3—5 Mk., natürlich ganz ohne alles Futter, und ich glaube, daß mein Nürnberger Leibschneider sie mir nach dieser Angabe ganz richtig machen wird. —

Nun wäre ich für diesmal fertig, und schließe für den Fall, daß der „Adler" plötzlich abgehen sollte. Wenn ich aber in meinen Unterhaltungen mit Euch an dieser Stelle einen Schluß mache, so ist diese in Wirklichkeit doch nicht abgebrochen, denn ich unterhalte mich mit Euch fort und fort in Gedanken, und sende Euch Allen die innigsten Grüße eines dankbaren Sohnes und Bruders, Euer treuer Carl.

Allen Freunden und Bekannten, wenn ich sie auch nicht einzeln nenne, meine besten Grüße und Wünsche.

Brief aus Kamerun vom 27. März, p. „Gaiser", über Lagos.
Angekommen in Nürnberg am 1. Mai 1885.

„Liebe Eltern und Geschwister! Daß ich Eure Briefe richtig erhalten, sagten euch meine letzten Nachrichten; heute benutze ich die sich mir bietende Gelegenheit über Lagos, um Euch wenigstens meine innigen Grüße zu senden. Ich hoffe, daß Ihr Alle vollständig wohl seid, und wenigstens beim Eintreffen dieses nicht mehr unter dem gestrengen Winter zu leiden habt, der aber doch, namentlich den Kleinen, auch manches Vergnügen gebracht haben wird.

Von mir kann ich Euch nur sagen, daß ich mich bei bester Gesundheit schon sehr heimisch fühle, wenn es mir auch an dem persönlichen Umgang fehlt, wie ich daheim ihn gewöhnt war. Was mir hier sehr mißfällt, das ist eigentlich nur der Umstand, daß Alle, die länger hier, ganz außerordentliche Egoisten sind, sich um den Andern nicht kümmern, wenn nur sie haben, was sie brauchen und wollen. Sie sagen manchmal, weil hier „der liebe Gott nicht mehr für die Weißen sorge, so müsse Jeder das umsomehr selbst thun"; ich finde das nicht schön, und sollte gerade hier das Gegentheil der Fall sein. Da macht vor Allen — Herrn Schmidt kann ich in dieser Beziehung nicht beurtheilen, da er ja gleich nach meiner Ankunft nach Europa ging, — Herr G. Wölber eine lobenswerthe Ausnahme. Er gibt sein Bett ab, und schläft auf dem Boden, und ist in jeder Beziehung gütig und wohlwollend. Selbstverständlich ist meine Stellung ihm gegenüber, als meinem Chef, ein Hinderniß, mit ihm intimer zu werden, aber ich glaube doch, daß es mir trotzdem gelingen wird, ihm freundschaftlich näher zu kommen.*) Sonst muß ich sagen, daß ich sehr gerne hier bin, an meiner Beschäftigung Vergnügen habe, und nichts, nichts vermisse, als Euch! Empfanget daher auch heute meine herzlichsten Grüße und schreibt oft und viel Euerm treuen Sohn Carl.

Kamerun, Tagebuchbericht-Fortsetzung
von Ende März bis 21. April 1885.

—. — Ueber ein für dich, lieber Papa, sehr interessantes Thema, die Religion oder den Glauben der Eingebornen, kann ich noch nichts Näheres berichten. Dieselben haben Götzen, doch soll noch kein Weißer zu dem Ort Zutritt bekommen haben, wo sie diese verehren. Es ist ein kleines Haus, umgeben von dicht gestelltem Gesträuch, fast 2 Manneshöhe hoch; was sie dort treiben, ist aber großes Geheimniß. Fast alle Neger, die hierher zum Traden (Handel) kommen, wissen etwas von der Religion, die ihnen die englische Baptisten-Mission lehrte. Fragt man nach dem Wetter, so sagen sie: God will send us rain („Gott wird uns Regen schicken"); fragt man, wer oder wo ist Gott,

---

*) Daß es ihm thatsächlich gelungen, beweist der Brief dieses Herrn, den er am 1. Mai an uns schrieb. Siehe weiter unten.

so wissen sie nichts zu sagen; sie lernen dies von den Weißen, ist die einzige Antwort. Näher auf etwas mit ihnen einzugehen ist nicht möglich, denn sie können sich über diese doch schwierigen Dinge in Englisch nicht verständlich machen. — Den Missionär lernte ich nur flüchtig kennen. Ein Lieutenant a. D., Tilly, Beamter der internationalen Gesellschaft, kam krank hier an, mit getrübten Sinnen, verlor den Verstand ganz und starb leider in unserm Hause in kurzer Zeit, wie die Sektion ergab, — nicht am Fieber, sondern am Delirium. Wir Alle folgten dem Sarge, der mit der deutschen Flagge und frischen Blumen geschmückt war, und ein Kapitainlieutenant der Möve sprach einige Worte im Beisein des Missionärs, der uns dann vorgestellt wurde, oder wir vielmehr ihm. Vielleicht besuche ich ihn nächstens, um mich etwas mit ihm zu unterhalten, namentlich eine kleine Grammatik der Dualla-Sprache von ihm mir zu erbitten. — —

— Gestern endlich am 2. April ist vollständiger Friede hergestellt worden, indem alle palavers (Verhandlungen) zu Ende sind. Vor 8—14 Tagen wurde der Mörder des Herrn Pantänius, der von seinem Stamm gestellt worden war, und sich selbst als Thäter bekannte, auf Befehl des Admirals erschossen. Alle Streitigkeiten der Eingeborenen unter sich und über die Trade-(Handels)Distrikte sind geregelt; es wird jetzt sehr lebhaft werden, was wir im Geschäft brauchen können. Die Neger bauen sich wieder an, wir können Pulver und Gewehre, nur keine gezogenen, verkaufen.

Zu unserm Schutze liegt gegenwärtig die „Möve" und der „Habicht" hier, der am 1. April ankam, und der „Adler", um Kohlen zu nehmen, die „Olga" und der „Bismarck" an der Barre, so daß die Leute ängstlich fragen, was diese Kriegsschiffe alle wollen, es sei ja doch Frieden?

Einer unserer schwarzen Jungen fragte uns dieser Tage, warum die Weißen überhaupt hier herausgekommen und nicht in Deutschland geblieben seien, worauf wir ihm antworteten, daß die Schwarzen ja nichts zu essen, keine Kleidung hätten, wenn wir nicht hier wären, was er dann auch ganz gut einzusehn schien.

Nachdem nun Friede geschlossen, ist der Oberbefehl aus den Händen der Marine in die des Generalkonsuls Dr. Nachtigal übergegangen, der seit 14 Tagen wieder hier ist und bei uns wohnt, aber bald wieder weiter reisen wird. — .—

Wir befinden uns augenblicklich in der Uebergangsperiode zur Regenzeit, die sich besonders durch heftige Regenschauer und Stürme, Tornados, bemerklich macht. Diese kommen meist Abends oder gegen

Morgen und sind oft sehr heftig; doch sind wir durch das hinter uns liegende Plateau ziemlich geschützt. Während eines solchen Tornados frieren die Schwarzen ganz erbärmlich, so daß sie am ganzen Leib zittern, und Jeder bettelt um einen kleinen Schnaps, den man ihm mitleidigerweise nicht vorenthalten kann. Die Neger können sich ja nicht wärmer kleiden, was wir sofort thun, denn es kühlt ungeheuer rasch und stark ab. Nach einem solchen Tornado wird die Luft auffallend klar, so daß wir sehr weit sehen können. Der große, majestätische Kamerunberg, in der Dualla-Sprache Mungo ma Loba genannt, „Berg des Donnerers", der oft während einer ganzen Woche kaum einmal aus dem Nebel herauskommt, er steht dann klar und deutlich und anscheinend in halber Entfernung vor uns, und nach Westen zu ist die ganze Gebirgsreihe von Fernando Po, besonders mehrere einzelne hervorragende Berge weiter im Innern dieser Insel zu sehen. Diese Klarheit muß jedoch bald wieder den aus den ungeheuren Wassermassen aufsteigenden Dünsten weichen, die meist in der Höhe bleiben, und nur selten als Nebel herunter kommen. —. —

Heute, am 6. April, am 2. Osterfeiertage, erwarten wir mit Schmerzen unsern vom Hause in Hamburg kommenden Steamer. —

Gestern vor 8 Tagen, also am Palmsonntag, hatten wir zum Abschied für die „Möve", die uns auch wirklich im Laufe der letzten Woche verlassen hat, wieder ein größeres Festessen, aber diesmal ganz ohne schwarze Köche und Stewards. Ich will Euch das Menu mittheilen und dann noch etwas weiteres Interessantes. Wir hatten einen kleinen Ochsen geschlachtet und einen kleinen Welschhahn, Bouillon mit kleinen Leberklößchen, Toast mit Caviar und Gänsleberpastete, Cottelettes mit Stangenspargel, gebratene Kartoffeln, Hummer und Salm mit Majonnaise, zerlegte Indian- und Rebhühner mit eingemachten Früchten, Gurken und Kartoffeln; frische Fische; junge Erbsen mit Saucischen, Zunge, Plumpudding und Torte, Dundee Marmelade, Butter, Käse und Zwiebeln, verschiedene Weine, Champagner, und darnach Bowle. Der größere Theil dieser Leckerbissen war aus Blechdosen, bedurfte also keiner weiteren Zubereitung, dagegen habe ich höchst eigenhändig, um mich doch auch einmal in dieser Kunst zu versuchen, die Toasts mit Butter, Caviar und Pastete bestrichen, und am Tage vorher probirte ich, Majonnaise zu machen nach dem Kochbuch, was mir auch am Festtag ganz gut glückte. Ein Anderer richtete die Früchte an, wieder ein Anderer tranchirte Geflügel und Roast, so daß wir, da wir zuvor mit den Offizieren eine Kegelpartie gemacht, ziemlich Appetit hatten. Es war ein äußerst vergnügtes Zusammensein, und

blieben wir bis Nachts 2 Uhr. Die Gesellschaft bestand aus: General=
consul Dr. Nachtigal, Korvetten=Capitän Hoffmann v. d. „Möve",
3 Offizieren, dem Agent von Janzen & Thormählen, Herrn Voß,
2 seiner jungen Leute, Dr. Pauli, Dr. Passavant und Dr. Buchner,
und wir 5 von unserer Firma. —

Ueber Dr. Pauli und Passavant kann ich Euch Folgendes mit=
theilen: Sie kamen mit 80 Lagos=Leuten hierher, Dr. Pauli als Passa=
vants Begleiter, um Afrika zu bereisen, haben aber bis jetzt, d. h.
innerhalb eines Jahres nur die allernächste Umgebung, besonders das
Kamerungebirge besucht. Sie wohnen nicht in unserm Hause, sondern
auf der Hulk „Luise", welche der Firma Janzen & Thormählen"
gehört. Passavant, ein Züricher Millionär, studirte Medicin; er zahlte
während eines Jahres an 80 Mann $1^1/_4$ Schilling p. Mann und Tag,
ohne davon irgend welchen Nutzen zu haben. Jetzt scheinen sie mit
der Reise ins Innere Ernst machen zu wollen, ihre Sachen sollen, wie
sie sagen, gepackt sein. —.

—. Vor 14 Tagen kam ein englischer Dampfer, „Akassa", der
uns in einem Boot etwas Post schickte, und als Passagier einen jungen
Mann in meinem Alter, Namens Winkler, Müllerssohn aus München.
Dieser stellte sich uns vor, und auf die Frage des Herrn Wölber, was
er hier beabsichtige, antwortete er, er sei auf eigene Faust hierher ge=
kommen und wolle Plantagen anlegen; er sehe aber schon, daß das
hiesige Terrain hierzu nicht geeignet sei; vielleicht könne er jedoch in
Bimbia oder Victoria erreichen, was er bezwecke. Dieser junge Mann,
der vorgiebt, sehr bemittelt zu sein, hat allgemeines Interesse erregt
und sich bereits nach Victoria begeben, um das Land zu besichtigen. —. —

—. Heute, den 7. April, gegen Abend, sahen wir ein großes
Boot den Fluß herauf segeln; es war von unsrer „Ella" und brachte
die Post. — Eure Zeitungen und Deine wenigen Zeilen, lieber
Papa, vom 19. Febr., wodurch ich leider etwas enttäuscht wurde, denn
Euren darin angezeigten Brief vom gleichen Tage, via England, habe
ich noch nicht erhalten, so daß mir also Euere lieben und lange er=
warteten näheren Nachrichten fehlen. Hoffentlich seid Ihr Alle wohl
und erhalte nun diesen Brief recht bald. Von mir konntet Ihr am
19. Febr. nicht gut Nachricht haben, denn unsere Steamer treffen erst
gegen Ende eines jeden Monats in Hamburg ein. Ich schreibe aber
mit jeder Gelegenheit, so daß Ihr von mir weit mehr Briefe bekommt,
als ich von Euch, und ich bitten muß, daß Ihr mir so oft schreibt, als
es nur geht und immer recht viel.

—. — Heute habe ich auch endlich die Postkarte bekommen.

die mich auf meiner Hierherreise, als Euer lieber Gruß, in Madeira treffen sollte; sie trägt eine ganze Menge unleserlicher Poststempel; ferner bekam ich aus Hamburg mehrere Briefe und aus Dundee vom Onkel, die mir überraschende Neuigkeiten brachten, und aus denen ich auch ersah, wie heute noch Märchen entstehen, indem es immer Menschen giebt, die sich mit den wirklichen Thatsachen und den wahren Gründen eines Entschlusses nicht begnügen, sie auch nicht verstehen, und deswegen um jeden Preis etwas dazu dichten müssen. Ihr wißt ganz genau, warum ich mich für hier entschieden habe. — Meine Briefe waren vom 14. Februar pr. „Prof. Woermann"; 10. März pr. „Anna"; 21. März pr. „Adler"; 27. März pr. „Gaiser"; Ihr habt sie wohl alle erhalten?

Mit erster Gelegenheit möchte ich Euch nun um Folgendes bitten, und zwar Alles mit genauer Angabe der Preise: 1 Thermometer zum Messen der Wetter-Temperatur, 1 kleinen Compaß, 2 Zahnbürsten mit nicht zu harten Borsten, 1 Fernrohr, etwas hübsches Monogrammpapier, etwas alte Leinwand, engl. Pflaster, einige Dutzend Kragen, Chemisetten und Doppelknöpfe, Zahnpulver oder am besten Zahnseife. — —

— Nun aber meine lieben Eltern und Geschwister, muß ich mich auch schon für diesmal wieder an den Schluß meines Tagebuchberichtes machen; der „Carl" muß jeden Tag vom Süden her eintreffen, und dann giebt es massenhaft Arbeit, da er unsere ganze Ladung noch hat.

Jetzt seid Ihr ja auch schon im Frühling, nach dem strengen Winter, hoffentlich in einem recht schönen. Begierig bin ich auf Euren Brief vom 19.; wer weiß, wo der liegt, vielleicht in Lagos, oder Fernando Po, und wann ich ihn bekomme? Ich hoffe aber, daß er mich für das lange Warten entschädigt, indem er mir über Euch recht viel berichtet. Alle Zeitungen zu lesen, dazu hatte ich noch keine Zeit, aber von Eurem Maskenzug las ich schon; so haben also die lieben Kleinen auch ein Faschingvergnügen gehabt.

—. — Hat Milly schon einen Ball mitgemacht? Ich glaube kaum, aber nächsten Winter wird's wohl losgehen! Getanzt haben wir hier auch schon einige Male, Abends nach Tisch, wenn Offiziere da waren, aber nicht mit Damen, sondern je 2 Herren zusammen. —. —

— In unsern Mußestunden haben wir jetzt eine Unterhaltung ganz besonderer Art. Unsere Hauskatze hatte vor Kurzem 3 Junge, die jetzt anfangen zu laufen, und die Alte lehrt sie nun verschiedene Dinge, als Treppen auf und ab zu laufen, auf Bäume klettern, springen u. s. w., was sie ihnen immer erst vormacht und dann muß es jede der Kleinen einige Male nachmachen. Jeder von uns stellt bei Tische seinen Teller neben sich auf den Boden und füttert die Kleinen, die uns sehr viel Vergnügen machen. —

— Am Freitag, den 10. April, war hier wieder einmal eine große Fighterei (Schlägerei) zwischen Dr. Passavants Lagosleuten und Kamerunleuten. Zwischen denselben bestanden schon längst Reibereien und an jenem Tage kamen sie in sehr heftiger Weise zum Austrag, aus welchem Grunde ist mir noch nicht bekannt. Wir saßen gerade beim Frühstück, die Ghigg lag fertig im Wasser, um den General=Consul, der uns an jenem Tage für immer*) verließ, nach der „Möve" zu bringen. Dr. Passavant, Dr. Pauli und Capitän Voß, der Agent von Jantzen und Thormählen, waren anwesend, als einer von Passavants Lagosleuten mit einer tiefen Wunde im Bein kam und meldete, daß die beiden Parteien im Streit seien, und Mehrere schon verwundet. Kaum war er verbunden, als wir am Land, etwas fluß=abwärts, an Jantzen & Thormählen's Faktorei einen Höllenspektakel hörten, und im selben Moment zogen die dort anwesenden jungen Leute am Flaggenmast ein Signal auf, das wir in unserm Signalbuch als: „Werde angegriffen, habe Hülfe nöthig" übersetzten. Sofort fuhr der Agent, Herr Voß, Dr. Passavant und Pauli nach dem Kampf=platz, wo die Zahl der Verwundeten sich inzwischen vermehrt hatte. An 90 Lagos= und Kru=Leute standen gegen 150 Kamerun=Kerle, die mit Bajonetten, Messern x. fochten, und auf die Faktorei einen Hagel von Backsteinen warfen. Die beiden in der Faktorei anwesenden Weißen wollten die Sache friedlich schlichten, wurden aber selbst ange=griffen, worauf sie gerade noch Zeit hatten, das Signal um Hilfe auf=zuhissen. Dieses war von dem am nächsten liegenden „Habicht" ver=standen worden, dabei war aber, im Eifer sehr natürlicher Aufregung, unterlassen, speziell das Signal an diesen zu richten, daher er nicht sofort, wie es sonst geschehen wäre, sein Boot flott machte, und dadurch eine kleine Verzögerung entstand. Zum Glück hatte diese nicht viel zu bedeuten, denn als die Boote dann an Ort und Stelle ankamen, war dieser kleine Krieg der Schwarzen unter sich bereits zu Ende. Für ähnliche Fälle aber, wenn solche wieder vorkommen sollten, wäre es nach meiner Meinung doch gerathener, die Anordnung so zu treffen, daß nicht erst ein spezielles Signal für dieses oder jenes Kriegsschiff abgewartet werden müsse, sondern daß auf jeden ersten Hilferuf das

---

*) Daß dieses „immer" sich buchstäblich bewahrheiten sollte, hat wohl Niemand damals geahnt!

zunächst liegende sich sofort, auch wenn es nicht ausdrücklich gerufen ist, bereit macht. —

NB. Hier bricht das Tagebuch ab; dieser Bericht war aber begleitet von den hier folgenden Zeilen:

(Letzter Brief aus Kamerun, 21. April 1885.)
p. "Carl Woermann", angekommen über Berviers 3. Juni 1885.*)

"Liebe, gute Eltern! Am 16. b. traf der "Carl" vom Süden ein, den ich mit der Hoffnung empfing, daß er mir Euern via England gegangenen Brief vom 19. Febr. allenfalls mitbringt. Diese Hoffnung hat sich jedoch nicht bewährt, denn ich vermisse ihn noch heute. Liebe Eltern! Alles was ich Euch zu erzählen, zu sagen, und um was ich Euch zu bitten habe, enthält der beiliegende Bericht, dem ich heute nichts mehr beizufügen weiß.

Was Alles werdet Ihr mir wohl erzählen? Ich hoffe Euch und alle meinen lieben Geschwister ganz wohl, was ich auch bin.

So lebt wohl denn für heute! Ungeduldig erwarte ich nun schon Euern Brief. Die innigsten Grüße begleiten diese Zeilen, und ich bleibe Euer treuer Sohn Carl.

Grüße an alle Bekannte! — In großer Eile." —

---

*) 35 Tage nach seinem uns damals noch unbekannten Tode!

Der Tod im freudigsten Schaffen.

Vorstehendes sind die letzten Worte, die wir von unserm Sohn aus Kamerun erhalten haben, — die letzten, die er überhaupt geschrieben hat. Nach den uns später zugekommenen Nachrichten hatte am Tage vorher schon, am 20. April, der so verhängnißvolle zweite Fieberanfall sich bei ihm eingestellt, jedoch in einer Weise, daß er nicht nur an diesem darauffolgenden 21. sich wieder so weit wohl fühlte, daß er uns schreiben konnte, sondern sogar am 20. April selber hatte er trotz des sich da einstellenden Fiebers zwei Briefe in die Heimath geschrieben, einen kürzeren nach Mannheim an eine Freundin unserer Familie, und einen größeren an seinen früheren Principal hier in Nürnberg, in welchen beiden übereinstimmend er die beruhigende Versicherung gab, daß er sich „der besten Gesundheit bisher erfreut habe, und — dies auch zu bleiben hoffe", — eine Aeußerung, welche ebenso wenig wie diejenige in dem am Tage darauf= geschriebenen Brief an uns, seine Eltern, errathen, oder auch nur im Entferntesten ahnen ließ, daß er sich zur Zeit des Schreibens selbst nicht mehr so wohl, wie bisher fühlte. Der Inhalt des an seinen Principal geschriebenen Briefes läßt zugleich ersehen, daß er sich um jene Zeit noch ganz und vollständig in seinem Elemente gefühlt, und an nichts weniger, als eine ernstliche Erkrankung, an eine Befürchtung für seine Gesundheit gedacht hat. Er theilt seinem früheren Principal mit, welche Gegenstände vorzugsweise von seinem Hause importirt und verkauft werden, und nennt ihm namentlich: Mund= und Handharmonikas, kleine Blechtrompeten, sogenannte Perlrandspiegel, überhaupt kleine Spiegel, Knöpfe, Perlen, Gürtel aus Gummi mit großem, geprägten Messingverschluß, ordinäre Solinger Waaren, Scheeren, Taschenmesser, Küchenmesser, Bestecke, 60 Cm. lange Messer mit Holzgriff, kleine Holz= äxte, Feldhacken, auch Blechspielwaaren, kleine deutsche Flaggen, ver= suchsweise vielleicht auch Musikkreisel und kleine Violinen; die Gegen= stände müßten aber alle sehr billig sein, das Dutzend 5 bis 6 Mark, 15 bis 20 Mk. oder höchstens 35 bis 45 Mk. Er rieth ihm, durch seinen Reisenden beim Hause Woermann in Hamburg vorsprechen zu lassen, da dieses sicher auch in seiner Sammlung einiges Passende finden werde.

Daß er sich überhaupt in der Zeit unmittelbar vor seiner tödtlichen Erkrankung nicht nur vollkommen wohl gefühlt, sondern im Frohgefühle seiner Gesundheit mit ganzer Seele seinem Berufe oblag, zugleich aber auch seine Verbindungen mit Freunden und Bekannten in der Heimath aufs Eifrigste pflegte, ja sogar neue einzugehen sich anschickte, das beweisen die in Abschrift hinterlassenen vielen Briefe, deren er namentlich noch am 10. April nicht weniger als sieben, an diesem einen Tage, nach Hamburg, Dundee in Schottland, Nürnberg und Frankfurt geschrieben hat, theils, um sich nach ihrem Wohlbefinden zu erkundigen, theils um seinen Glückwunsch zu einem freudigen Familienereigniß zu übermitteln, theils seine Theilnahme an einem Trauerfalle. In diesen Tagen war es, wo er sogar anfing, mit seinem früher schon mir mitgetheilten Vorhaben Ernst zu machen, und kleinere Berichte über außergewöhnliche Vorfälle von allgemeinem Interesse für eine deutsche Zeitung niederzuschreiben. Alle diese Briefe ohne Ausnahme enthalten die Versicherung, daß er zufrieden, daß er gesund und glücklich sei; sie sind voll Lobes und voll Anerkennung seiner Chefs, seines Hauses nach jeder Beziehung; sie rühmen von diesem namentlich die herrschende Ordnung, und die geradezu „brillante Verpflegung", und zeigen auch, wie er aus eigenem Antrieb auf die weitere Förderung des Interesses seines Hauses bedacht war. In diesem Sinne schrieb er namentlich seinem Oheim nach Dundee, indem er diesen bat, er möchte ihm Samen von der Pflanze schicken, aus welcher in Indien die Jute gewonnen wird, um den Versuch zu machen, ob sich diese nicht auch in Kamerun anpflanzen lasse.

Die Art und Weise, wie er auch in diesem Briefe, also zehn Tage vor seiner Erkrankung, sich über seinen Gesundheitszustand ausspricht, ist zu bezeichnend, als daß ich diese Stelle nicht wörtlich mittheilen sollte. Er schreibt seinem Oheim: „Bis jetzt kann ich noch nicht behaupten, daß das Klima dahier gefährlich ist; im Gegentheil, — unbeschrieen! — fühle ich mich so wohl, wie noch nie! Fieber hat mich bis jetzt noch nicht in seinen Krallen gehabt, obgleich ich nicht zweifle, daß ich es bekomme, denn es ist noch Keiner am ganzen River (Fluß) verschont geblieben."

Sollte doch in diesen Worten eine leise Ahnung, ein stilles Vorgefühl baldiger Erkrankung sich ausgesprochen haben? Diese Frage wird für immer unbeantwortet bleiben. Gewiß aber ist, daß dieses Bekennt=

niß uns einen Blick in seine innerste Gefühls= und Gedankenwelt in=
sofern thun läßt, als es uns beweist, daß er sich mit dem ihm Bevor=
stehenden vollkommen vertraut, darauf gefaßt gemacht hatte. So spricht
Der, welcher sich auf einem vorgeschobenen Posten befindet, wo er jeden
Augenblick gewärtig sein muß, von einem hinterlistigen Feinde über=
fallen zu werden, der aber auch fest und furchtlos entschlossen ist, diesem
Feinde und dem Kampf mit ihm zu stehen, überzeugt, daß er als
Sieger hervorgehe!

Was den Seinen nun aber im Hinblick auf den jähen Verlauf
seiner Erkrankung einen außerordentlich hohen Trost gewährt, das ist
die durch den im Nachfolgenden mitgetheilten Brief von Seiten des
Vertreters seines Hauses bestätigte Ueberzeugung, daß er nicht einsam
und verlassen auf seinem Krankenbette lag, sondern daß von Seiten
seines Hauses für seine Pflege aufs Gewissenhafteste gesorgt war, ja,
daß sein eigener, — von ihm selbst so sehr geschätzter — Vorsteher,
als wahrer, persönlicher Freund bis zu seinem letzten Athemzug ihm
zur Seite stand. Und dieser Trost wird erhöht durch die Thatsache,
daß ihm in diesen seinen letzten Tagen noch die große, seinem Herzen
wohlthuende Freude und Ueberraschung zu Theil wurde, den lange aus=
gebliebenen und so sehnlichst von ihm erwarteten Brief, oder vielmehr
die Briefe, noch in die Hände zu bekommen, welche ihn die Schrift=
züge aller der Seinen, seiner Eltern, seiner sämmtlichen Geschwister,
und mit diesen noch überdies die von zwei Jugendfreundinnen erblicken
ließen, und ihm von diesen und Allen, die ihm lieb waren, aus weiter
Ferne die innigsten Grüße und Wünsche für sein Wohlergehn, für seine
Gesundheit, für seine ganze Zukunft überbrachten. Aus diesen Briefen,
die noch vom 19. Februar datirt waren, und ihm von den damaligen
Karnevalsvergnügungen erzählten, von den Theatervorstellungen für
Kinder und für Große, von den öffentlichen Aufzügen, von Masken=
bällen, an welchen entweder seine eigenen Schwestern, oder Bekannte
von ihm Theil genommen, aus ihnen konnte er entnehmen, mit welcher
Liebe Alle an ihm hingen, und wie wir selbst in großer Unruhe und
Besorgniß uns befanden, weil auch wir so lange schon auf Nachricht
von ihm gewartet hatten.

Ich selbst hatte ihm, von äußerster Besorgniß erfüllt, weil wir
seit seiner letzten Nachricht, die er uns noch an Bord seines Dampfers
über seine Ankunft, geschickt, keine weitere erhalten hatten, unter An=
derm geschrieben: „Hoffentlich bist du wohlauf. Hast aber vielleicht
bereits ein Fieber durchgemacht, und deswegen uns nicht schreiben
können? Dann lasse doch in Zukunft, wenn es dir selbst nicht möglich,

6

durch jemand Anderen nur zwei Zeilen uns schreiben. Unsre Gedanken sind stündlich bei dir, — unsre heißesten Wünsche, — der Fromme nennt es „Gebete"! — So halte dich tapfer! Aber kannst du es nicht, dann soll mir keine Summe zu hoch sein, dich wieder heim=zubringen! Darauf verlasse dich! Auch hast du das Recht, wenn die Unruhen fortdauern, deinen Vertrag zu kündigen vor der Zeit. — Meine und unsrer Aller herzlichste Grüße! Mögen sie dich gesund, oder doch auf dem Wege zu deiner Wiederherstellung treffen! Denke an uns, und baue auf unsre Hilfe, wenn es nöthig ist!" —

Welches Zusammentreffen! Dieser Brief von uns in seinen fieber= heißen Händen! Ob unsre Worte der Liebe ihm eine letzte Erquickung waren? ein Sonnenstrahl, der durch sein Fenster auf sein Krankenlager drang? ein Hoffnungsschimmer noch vor seinem Erlöschen? — —

Die erste Kunde seines Todes erhielten wir am 27. Juni durch den Chef seines Hauses aus Hamburg; sie lautete:

Hamburg, 26. Juni 1885.

Geehrter Herr! Mit schwerem Herzen habe ich Ihnen heute eine recht traurige Nachricht zu melden. — Ich erhalte soeben aus Madeira folgendes Telegramm: „Carl Scholl died fever Cameroon 29 April", was ich mich beeile Ihnen hierdurch mitzutheilen. Noch unterm 19. April schrieb mir mein Vertreter aus Kamerun: „Der Ge= sundheitszustand Ihrer Leute hier ist augenblicklich ein ganz vortrefflicher mit Ausnahme von Herrn Strohn." —

Ihres Sohnes war also damals gar nicht erwähnt worden. Da= gegen hatte ich über seine Leistungen und seine Tüchtigkeit stets nur das Beste gehört. — Er muß also sehr plötzlich heftig am Fieber er= krankt sein, welches ihn dann gleich dahingerafft hat.

Ich bitte Sie, meiner aufrichtigen und innigen Theilnahme ver= sichert zu sein; ich fühle den Schmerz mit Ihnen; denn auch für mich ist es recht traurig, daß mir so oft gerade die tüchtigsten Menschen frühzeitig sterben müssen. Es ist aber immerhin ein Trost, wenn ein junger Mann in Ausübung seines Berufes seinen Tod gefunden hat. Ich bin überzeugt, daß seine Kameraden in Kamerun, bei denen er sehr beliebt war, sein Hinscheiden ebenfalls aufrichtig beklagen. —

Sobald briefliche Nachrichten da sind, werde ich nicht verfehlen, Ihnen weitere Mittheilungen zu machen. — Indem ich Sie nochmals meiner herzlichen Theilnahme an dem schweren Verlust versichere, zeichne mit vorzüglicher Hochachtung C. Woermann.

Die ausführlichere zweite Mittheilung, welche uns später zukam, war die folgende:

Kamerun, den 1. Mai 1885.
West-Küste von Afrika.

Sehr geehrter Herr Scholl!

Es wird mir ganz unendlich schwer, Ihnen diesen Brief zu schreiben, da derselbe keine gute Nachricht bringt, denn ihr Sohn Carl Scholl ist hier am 29. April am Fieber leider verstorben; die größte Theilnahme, die Jemand empfinden kann, habe ich an diesem Unglücksfall genommen und bedaure es nochmals, daß ich Ihnen eine so traurige Mittheilung machen muß.

Ihr Sohn empfand am 20. April einen Fieberanfall, derselbe besserte sich schon am nächsten Tage; am Tage darauf mußte er sich jedoch wieder hinlegen und bekam heftiges Fieber mit großen Schmerzen, Ziehen durch den ganzen Körper. Herr Dr. Pauly, der meiner Bitte, die Behandlung zu übernehmen, nachkam, gab ihm dann Medicin, wonach er sich besser fühlte, das Fieber wechselte jedoch stets ab und war es nicht zum Brechen zu bekommen trotz des Chinin. Am 28. bekamen wir dann große Hoffnung, er wurde fieberfrei und bekam auch Appetit, nachdem er die Tage vorher mit Widerwillen etwas gegessen und getrunken hatte. Er nahm Bouillon und Ei zu sich, auch Rothwein, was ihm sehr gut mundete; somit glaubten wir, die Krisis sei überstanden, es sollte jedoch leider nicht so kommen. Am Abend desselben Tages kam ein Fieberanfall wieder, der ihn sehr unruhig machte, somit konnte er auch nicht schlafen; der Dr. gab ihm alsdann eine Medicin, die ihn schlafen machte, und ich rieb ihm, wie ich die Tage schon vorher gethan hatte, den Körper mit Spiritus ein, was ihm wohl that. Alsdann ging die Nacht ziemlich ruhig vorüber; gegen morgen 5 Uhr wurde er sehr erregt, jedoch schwächer; er war nicht im Stande, etwas zu reden, aber seine Augen sagten viel, und schlief in meiner Gegenwart sanft ein, es war $^3/_46$ Uhr Morgens.

Dieses der Hergang seiner letzten Tage; ich habe mich viel mit ihm beschäftigt während seiner Krankheit, und dürfen Sie auch die Versicherung entgegennehmen, daß alle Mittel aufgeboten worden sind, ihn am Leben zu erhalten; jedoch wollte der liebe Gott es anders.

Ihr Sohn war ein lieber Freund von mir und den andern hier weilenden Herren, und wird sein Verlust täglich von uns empfunden, auch war ihr Sohn sehr beliebt bei unseren Eingeborenen, die es auch nicht fassen konnten, daß er todt sei.

Am selben Tage 11 Uhr morgens wurde er beerdigt auf dem hiesigen Kirchhofe, wo schon so mancher Deutsche liegt; wir haben hier schon so oft liebe Bekannte und Freunde nach ihrer letzten Ruhestätte gebracht; das böse Klima rafft so Manchen hinweg.

Ihrem Sohne wurde die letzte Ehre erwiesen, indem alle Angestellten unserer Faktoreien, sowie die Herren von der Firma Jantzen & Thormälen folgten; ferner folgte Herr Komandant v. Bleeckmann (Kriegscorvette Habicht) sowie zwei seiner Offiziere. Die kurze, aber recht gute Grabrede wurde von dem hier weilenden englischen Geistlichen gesprochen. Ich muß nun noch hinzufügen, daß Ihr Sohn ein sehr tüchtiger junger Mann war; er hatte sich in das hiesige Geschäft sehr schnell eingearbeitet und war beliebt bei Jedermann; wir alle werden Ihm ein treues Andenken bewahren. Sie werden mir wohl nicht zürnen, daß ich aus seinem Album sein Bild nahm, ich möchte dasselbe gerne zum Andenken bewahren.

Seine Effekten habe ich aufgenommen und finden Sie dieselben alle aufgezeichnet, dieselben werden Ihnen von C. Woermann zugesandt werden.

Herr Schmidt hat nicht lange das Vergnügen gehabt, Ihren Sohn kennen zu lernen, da ersterer nach Deutschland gereist ist und ich die Leitung des hiesigen Geschäftes übernommen habe.

Im Auftrage unseres ganzen Personals drücke ich Ihnen nun noch unser großes Bedauern aus; es ist ein trauriger Trost für Sie und Ihre Familie, den ich Ihnen darbringe, aber Sie können die Versicherung entgegennehmen, wenn ich nach Deutschland komme, so werde ich nicht verfehlen, Ihnen mündlich dasselbe und mehr zu wiederholen.

Sollten Sie noch in irgend einer Weise etwas von mir wissen wollen, so stehe ich immer sehr gerne zu Diensten.

Für heute bleibe ich mit besonderer Hochachtung und Ergebenheit Gotth. Wölber." —

Die Erkrankung und der Tod meines Sohnes fällt somit ganz in dieselbe Zeit, wo unmittelbar vorher zwei ähnliche Fälle sich dort ereignet hatten. Nach seinen eignen früheren Mittheilungen hatte er mit seinen Collegen kurz vorher den Lieutenant der internationalen Kongo-Association Tilly, der im Wörmannschen Hause starb, zu Grabe geleitet, und Anfang April, nachdem sie am Palmsonntag noch in ungetrübtester Heiterkeit den Abschied von Dr. Nachtigal mit diesem gefeiert und ihr kleines Fest sogar mit einem improvisirten Tänzchen geschlossen hatten, war Dr. Nachtigal, schon fieberkrank zu Schiff gegangen, auf der Höhe von Cap Palmas auf offener See gestorben, und am 20. April, also acht Tage vor meinem Sohn, am dortigen Vorgebirge begraben worden! Dasselbe Schicksal drohte unmittelbar darauf dem zum Nachfolger von Dr. Nachtigal ernannten Dr. Buchner, welcher mit diesem und meinem Sohn dasselbe Haus bewohnt hatte, und hauptsächlich zur Herstellung von seiner schweren Fiebererkrankung die Reise in die deutsche Heimath antrat.

Dem Schreiben des Wörmannschen Vertreters in Kamerun war ein Verzeichniß der Effekten meines Sohnes beigelegt, mit der Anzeige, daß diese mit dem nächsten Schiffe uns würden zugeführt werden, was auch thatsächlich der Fall war. Unter denselben befanden sich, als kleiner Anfang von dort gesammelten Gegenständen, unter andern einige kleine Elephantenzähne, ein fliegender Hund in Spiritus (Pteropus), ein aus ineinandergesäbelten Früchteschalen gebildetes Kamerunhalsband, und mehrere kleine Flechtarbeiten, Taschen und Körbchen seine Bücher, alle Briefe und selbst die kleinsten Zettelchen, die er von Freunden und uns in den letzten Jahren erhalten hatte, und auch die zierlichen An= denken, die er mit besonderer Vorliebe aus seinen Tanzstunden und Bällen sich aufbewahrt hatte. Ebenso erhielten wir vom Chef in Ham= burg die Zusicherung, daß alle von uns nach Kamerun gesandten Briefe und Frachtstücke, welche die verschiedenen Bestellungen enthielten und nach seinem Tod dort erst ankamen, mit den jeweils zurückkehrenden Schiffen uns werden übermittelt werden, zugleich auch die uns be= ruhigende Mittheilung, daß das Setzen eines Grabsteins und die Um= friedigung des Grabes durch ein eisernes Gitter — auf Kosten des Hauses — in pietätvollster Weise geschehen werde. Der Friedhof, der in der Nähe der englischen Mission auf der Anhöhe liegt, wo man eine herrliche Aussicht durch Palmen hindurch auf den Fluß, das hohe vulkanische Gebirge und in der Ferne das Meer hat, werde stets in schönster Ordnung gehalten. Herr Wörmann erklärte sich gerne be= reit, einen etwaigen Wunsch in Betreff einer Inschrift gewissenhaft zu berücksichtigen, und versprach schließlich, dafür Sorge zu tragen, daß auch ein offizieller Todtenschein uns zugestellt werde.

So hat sich bewahrheitet, was Dr. A. Reichenow, der auch jene Gegend besucht hat, in seiner kleinen Schrift „Die deutsche Kolonie Kamerun" (Berlin 1884), — vom dortigen „kleinen Kirchhof", bei dem englischen Missionshause, sagt, daß „von den dort weilenden Kauf= leuten — zahlreich sie auf demselben begraben liegen, und daß für den nach Kamerun sich begebenden Europäer die Wahrscheinlichkeit, inner= halb weniger Jahre in fremder Erde gebettet zu liegen, gewisser ist, als eine glückliche Heimkehr." (S. 50.)

Ich habe verhängnißvoller Weise diese Schrift erst in die Hände bekommen, als es zu spät war. Hätte ich sie früher gelesen gehabt, hätte ich überhaupt früher ganz genaue Kenntniß von dem dortigen Klima gehabt, — ich hätte nie meine Einwilligung gegeben, — mein braver Sohn wäre nicht in die Lage gekommen, solchen Gefahren sein Leben auszusetzen. So hat in letzter Reihe auch hier die **Unwissenheit** ihr Opfer gefordert, und ich fürchte, es wird nicht **das letzte sein!**

Winke und Rathschläge für naturgemäßere Fieberbehandlung und Diät auch in den Tropen.

Wem der Tod selbst schon Wunden geschlagen, der wird es aus eigner Erfahrung wissen, wie sich uns unwillkürlich die Frage aufdrängt, ob nicht bei einer andren Behandlung der Krankheit der Tod wäre zu vermeiden gewesen? Diese Frage mußte sich mir umsomehr aufdrängen, als ich bei dieser Entfernung, bei dieser gänzlichen Unbekanntschaft mit der behandelnden Persönlichkeit, — von der ich ja nicht einmal weiß, ob es ein wirklicher Arzt ist, der sich im Laufe der Jahre an Krankenbetten Erfahrung gesammelt, oder ein vielleicht sehr wissenschaftlich gebildeter Mann, der sein Doktorexamen als Mediziner ausgezeichnet bestanden, dem aber die praktische Erfahrung fehlt, — und namentlich auch bei meiner Unkenntniß in Beziehung auf die eigentliche Natur und Beschaffenheit dieses Fiebers in tropischen Ländern, mich ganz im Ungewissen befand, ohne einen andern Halt, als den guten Glauben, daß der meinem Sohn persönlich befreundete und für die Wahrung der Interessen seines Hauses verantwortliche Vertreter die ärztliche Behandlung meines Sohnes diesem Herrn nur in der Ueberzeugung anvertraut habe, daß sie in guten Händen sei. Jeder andere Vater hätte sich darum auch, selbst beim größten Vertrauen in die Umgebung und Pflege seines Sohnes, mit der Frage abgequält: ist das Richtige angeordnet? und ist nichts versäumt worden?

Mir aber drängte sich diese Frage noch aus dem ganz besonderen Grunde mit zwingender Gewalt auf, weil es jetzt das zweite Mal war, daß der Tod mir eines meiner Kinder entriß, und weil das erste Mal schon ich nur zu viele Gründe zu haben glaubte, an der richtigen Behandlung von Seiten des Arztes zweifeln zu müssen. Mein jüngerer Knabe war im Jahre 1876 am Scharlachfieber gestorben. Er war nach der von der medizinischen Wissenschaft aufgestellten Methode behandelt worden, während ich selbst, durch diesen ersten schmerzlichen Verlust veranlaßt, bei der späteren Erkrankung meiner ältesten Tochter, ebenfalls an

Scharlach in Verbindung mit Diphterie, im Jahre 1879 den Versuch wagte, ohne dem Arzt eine Silbe zu sagen, mit einfacher Anwendung von Wasser, Bädern, Umschlägen, Einwickelungen, Abreibungen und Klystieren die Krankheit zu bekämpfen, und es mir in einer Weise gelang, daß der Arzt, dem ich erst nach dem Erfolg genauen Bericht erstattete, nicht umhin konnte, mir zu meiner Kur Glück zu wünschen. Da war es doch wohl selbstverständlich, daß mir bei diesem neuesten Falle der Gedanke kam, mein Sohn hätte wohl oder ganz gewiß vielleicht gerettet werden können, wenn auch er, nicht nach der medizinischen Methode, d. h. mit Chinin, sondern nach der von mir selbst erprobten einfachen, naturgemäßen, mit Wasser wäre behandelt worden.

Da ich mich auch heute noch bescheide, in dieser Beziehung zu Denen zu gehören, welchen kein letztes Urtheil zusteht, so wandte ich mich, wie ich es auch in dem ersten Fall gethan, an einige der Männer, von welchen ich seit Jahren wußte, daß sie mit außerordentlichem Erfolg, und sehr oft gerade da, wo alle medizinische Kunst zu Schanden geworden war, wo die Herren der Medizin ihre Kranken vollständig aufgegeben hatten, Menschenleben gerettet hatten, und erbat mir über die Behandlung, über den Tod meines Sohnes ihr Urtheil.

Im Interesse meiner Mitmenschen, in der festen Ueberzeugung, daß die Veröffentlichung und Weiterverbreitung der Antwort, die ich in dankenswerthester Weise erhalten habe, dazu beitragen kann und beitragen muß, daß dieser Gegenstand überhaupt einer gründlicheren Prüfung und Untersuchung unterzogen wird, und daß in Folge derselben manches Menschenleben erhalten bleibt, lasse ich die eine dieser Antworten hier folgen, als den würdigsten Schluß dieser für Eltern und für die Jugend zunächst bestimmten Mittheilungen. Ich weiß nur zu gut, welches mitleidige und selbstbewußte Lächeln dadurch bei denjenigen Herren der Medizin hervorgerufen wird, welche aus demselben Grunde wie die Herren des Glaubens von einem natürlichen Recht des sogenannten „Laien", in diesen Dingen auch ein Urtheil zu haben und auch ein Wort mitzusprechen, nichts wissen wollen, und welche Jeden, selbst wenn er sich wissenschaftlich für die Behandlung von Krankheiten vorbereitet hat, sofort für einen Pfuscher, einen Schwindler oder einen Narren erklären, der sich herausnimmt, auch ohne Medizin, und namentlich ohne die in der Medizin so eingebürgerten und beliebten Gifte heilen zu wollen. Ich weiß aber auch, daß nicht alle Mediziner heutzutage mehr auf diesem engherzigen Standpunkte stehen, und von diesen bin ich überzeugt, daß, wenn ihnen diese Blätter in die Hände kommen, sie die hier folgenden Winke und Rathschläge nicht ungeprüft werden auf die Seite legen.

Die Antwort, welche ich hier für weitere Kreise mittheile, ist soeben in dem seit vier und zwanzig Jahren erscheinenden populärwissenschaftlichen Monatsblatt erschienen, welches der vielverkannte und vielverlästerte, aber um die Rettung vieler Menschen hochverdiente „Naturarzt" Herr Gustav Wolbold in Oberlößnitz bei Dresden herausgiebt, und zwar unter dem Titel: „Der Naturarzt. Zeitschrift für naturgemäße Behandlung des menschlichen Körpers in gesunden und kranken Tagen;" sie steht in dem Augustheft, Nr. 8 und ich lasse sie unverkürzt hier folgen:

Ueber die Verhütung und Heilung des Malariafiebers in unsern afrikanischen Kolonien

zur Belehrung für die dahin reisenden jungen Landsleute.

Vom Herausgeber.

Motto: Jeder ist wie seines Glückes, so auch seiner Gesundheit
eigner Schmied und bei seiner Erkrankung — sein eigner Arzt!

Herr Karl Scholl, freireligiöser Prediger in Nürnberg, hat mir eine gedruckte Privatmittheilung übersandt, aus der ich Folgendes entnehme:

Derselbe hatte einen Sohn, Karl, geboren 1864, welcher im Hause C. Wörmann in Kamerun seit Ende vorigen Jahres angestellt war. Von dem Vertreter des Hauses wurde ihm unterm 15. Februar a. c. gemeldet, daß sein Sohn vor 8 Tagen einen leichten Fieberanfall gehabt habe, der jedoch schnell vorüber ging; man halte es für außerordentlich günstig, wenn ein Einwanderer gleich im Anfange an der Malaria erkranke, denn nach langjährigen Erfahrungen akklimatisiren sich (?) die Leute schneller und gründlicher, wenn sie in den ersten Monaten kränkeln, als wenn der Malariastoff sich im Körper anhäufe und nach langer Zeit plötzlich zum Ausbruch gelange; sodann seien sie jetzt sanitär dort besser (?) bestellt, als je zuvor, neben 3 Doktoren (Deutsche) stationiren immer 2—3 Kriegsschiffe dort, so daß sie eine Auswahl von 5—6 Aerzten zur Zeit im Fluß haben (um so schlimmer; viel Köpfe, viel Sinne! G. W.).

Unterm 26. Juni schreibt ihm der Chef des Hauses, Herr C. Wörmann in Hamburg selbst: daß er soeben ein Telegramm aus Madeira erhalten habe, welches ihm den Tod von Karl Scholl am

29. April melde; er fügt bei, daß es auch für ihn recht traurig sei, daß ihm so oft gerade die tüchtigsten Menschen frühzeitig sterben müssen! (Oho müssen? Ist nicht der Fall! G. W.)

Und unterm 1. Mai bestätigte der Vertreter des Hauses in Kamerun Herrn K. Scholl, daß sein Sohn am 29. April verstorben sei und bemerkt: am 20. habe er einen Fieberanfall empfunden; derselbe besserte sich jedoch schon am nächsten Tag, am Tage darauf mußte er sich jedoch wieder hinlegen und bekam heftiges Fieber mit großen Schmerzen, Ziehen durch den ganzen Körper. Dr. Pauly, der seiner Bitte, die Behandlung zu übernehmen, nachkam, gab ihm dann Medicin, wonach er sich besser fühlte, das Fieber wechselte jedoch stets ab und war es nicht zum Brechen zu bekommen, trotz des Chinins! Am 28. bekamen wir dann große Hoffnung, er wurde fieberfrei und bekam auch Appetit, nachdem er die Tage vorher mit Widerwillen etwas gegessen und getrunken hatte; er nahm Bouillon und Ei zu sich, auch Rothwein, was ihm sehr gut mundete; somit glaubten wir, die Krisis sei überstanden, es sollte jedoch leider nicht so kommen; am Abend desselben Tages kam ein Fieberanfall wieder, der ihn sehr unruhig machte, somit konnte er auch nicht schlafen; Dr. Pauly gab ihm alsdann eine Medicin (wohl Morphium. G. W.), die ihn schlafen machte (Gift!) und ich rieb ihm, wie ich die Tage vorher schon gethan habe, den Körper mit Spiritus ein, was ihm wohlthat; alsdann ging die Nacht ziemlich ruhig (natürlich weil vergiftet und betäubt!) vorüber; gegen Morgen um 5 Uhr wurde er sehr erregt, jedoch schwächer; er war nicht im Stande, etwas zu reden (aber seine Augen sagten viel), und schlief in meiner Gegenwart sanft ein; es war $^3/_4$ 6 Uhr früh. Dieses der Hergang seiner letzten Tage; Sie dürfen die Versicherung entgegen nehmen, daß alle Mittel aufgeboten worden sind, ihn am Leben zu erhalten, jedoch wollte der liebe Gott es anders! (Oho! G. W.) Am selben Tage um 11 Uhr morgens wurde er beerdigt auf dem hiesigen Kirchhof, wo schon so mancher Deutsche liegt; wir haben hier schon so oft liebe Bekannte und Freunde nach ihrer letzten Ruhestätte gebracht, „das böse Klima rafft so manchen hinweg!"

Herr K. Scholl legte mir nun folgende Fragen vor!
1. Ist es nicht möglich, auch in diesem bösen afrikanischen Klima mit Wasser und Diät das dortige Fieber wenigstens in vielen Fällen besser zu bekämpfen, als mit Chinin und Spirituseinreibung?
2. Ist es nicht wahrscheinlich, daß die dortige Diät, welche sehr üppig ist, viel Fleisch, frisches und Konserven, viel Wein und

Bier, auch seine starke Weine enthält, nur mithilft, das Fieber dort zu verschlimmmern? und schließt mit folgendem: Sie würden mir in meinem namenlosen Schmerz dadurch eine große Beruhigung insofern schaffen, als ich vorhabe, meines armen Sohnes Tagebuch zu veröffentlichen und bei dieser Gelegenheit Anderen zur Warnung auf Ihre Fieberbehandlung ohne Medicin aufmerksam zu machen!

Vorstehendes ist die Veranlassung zu nachfolgendem Elaborat, wozu ich noch einiges wichtige und gewichtige Erfahrungsmaterial benützte und ich hoffe, daß dadurch manches junge Menschenleben erhalten werden, und im Besitze dieses Wissens nunmehr noch mancher junge Landsmann getrost eine Auswanderung in diese neuen Kolonien statt nach Amerika wagen dürfte, weil der Popanz „böses Klima" für ihn nicht existirt, ihm und seinen Angehörigen keine Angst und Furcht mehr einflößt! Etwas anderes ist es bei einem Feldzug, da kann keiner vor den Kugeln sich schützen, und wenn ihn eine getroffen, dann mag der Spruch am Platze sein „der liebe Gott wollte es anders", hier aber beim Einzug in ein böses Klima können wir uns durch unsere Lebensweise vorher schon schützen, d. h. unsere organische Zelle widerstandsfähiger machen, und während unseres Aufenthaltes im Lande der Malaria dadurch widerstandsfähig erhalten, und so erst recht akklimatisiren, und wenns trotz alledem doch mal zu einem Fieberanfällchen (siehe oben: leichter Fieberanfall) kommen sollte, dann darf nur Wasser und immer nur Wasser die erste Geige spielen und das Fieberchen wird sich dann ganz gehorsam rückwärts concentriren, daß es eine wahre Freude ist, und das Haus Wörmann in Kamerun wird es nicht mehr erleben, daß ihm seine tüchtigsten Leute frühzeitig sterben müssen, sondern der dortige Kirchhof sicher nur noch alte ergraute, an Altersschwäche gestorbene Deutsche aufnehmen wird!

Und nunmehr zur Malaria; was versteht man darunter? So wird das Gift genannt, welches in Sumpfgegenden und Niederungen, die häufig überschwemmt werden und in deren Boden die Verwesung vieler Vegetabilien stattfindet, vorkommt und die sogenannten Wechselfieber, kalten Fieber erzeugt, welche man zu den endemischen Infektionskrankheiten rechnet, wobei das Krankheitsgift keine von Person zu Person ansteckende Kraft besitzt, sondern sich in dem erkrankten Individuum erschöpft; da ferner die Entstehung des Malariagiftes im Erdboden stattfindet, so gehören die Malariakrankheiten zu den miasmatischen, die durch gesundheitswidrige, außerhalb des menschlichen Körpers liegende Verhältnisse erzeugt werden. Die Empfänglichkeit für das Malariagift ist eine sehr große, doch giebt es immerhin einige Menschen, welche sich ungestraft den Malariaausdünstungen aussetzen, ungestraft unter Palmen wandeln können!

Ueber das Wesen des Malariagiftes weiß die Wissenschaft zur Zeit noch nichts Genaues, doch vermuthen einige Pathologen, daß auch das Malariagift in einer Pilzart bestehe. Nach der Annahme desselben entsteht meistens ein Brütestadium von verschieden langer Dauer, zwischen 6 und 20 Tagen und mehr; die mildeste der Malariaerkrankungen bildet das kalte Fieber, einfache Wechselfieber; es charakterisirt sich durch Anfälle von Frost, Hitze, Schweiß, die meist einige Stunden dauern; nach dem Aufalle folgt eine fieberfreie Zeit; während des Anfalles ist die Milz geschwollen; der Anfall wiederholt sich in bestimmten Zeiträumen, und kommt meistens am Morgen vor. (Kunze.)

Bezüglich der Scholl'schen Fragen antworte ich folgendes:

ad 1. Allerdings ist es möglich, in dem afrikanischen bösen Klima mit Wasser und besonderer, sogenannter normaler, Diät die Malaria in allen Fällen wirksamer zu bekämpfen, als mit Chinin und Spirituseinreibungen! Man braucht dazu auch keine großen Vorrichtungen, das Haus Wörmann sollte nur in allen seinen Niederlassungen ein kleines Spital, bestehend in 2 luftigen Hütten (für beide Geschlechter nämlich je einen separaten Raum) mit einer Anzahl Bettstellen nebst Matratzen, Wollbecken und Betttüchern ꝛc. sowie ein paar Badewannen herrichten lassen in der Nähe eines Brunnens mit gutem Wasser. Sobald nun bei irgend jemand in der Kolonie der 1. Fieberanfall sich zeigt, wird diese Person sofort in jenes Spital verwiesen und daselbst wie folgt behandelt:

a) im Froststadium wird Patient ins Bett kommandirt, er darf resp. soll seinen Durst mit gutem Trinkwasser, allenfalls mit Citronensaft ꝛc. vermischt, befriedigen, denn innerlich brennt es bei ihm jetzt schon ganz gehörig, wie das Thermometer in Mund oder After gesteckt mit meistens 2 bis 4° C. über die Normalwärme beweist; zur Beschleunigung des immer unangenehmen Frostes und um schlimmeren Nervensymptomen in Folge dieser Zirkulationsstörung vorzubeugen, wie Krämpfe, Delirium u. s. w. ist bald eine von 2 Personen kräftig auszuführende Abreibung des ganzen Körpers mit dem triefend nassen Leintuch (Wasser 10 bis 12° R.) des dabei in einer flachen runden Kufe stehenden Patienten angezeigt, welche nöthigenfalls mit einem frischen Tuche wiederholt werden muß, wenn auf die erste das Frostgefühl (resp. der Hautkrampf) nicht verschwindet; derselben hat eine gelinde trockene Abreibung zu folgen, worauf Patient sich wieder ins

Beet begiebt oder, wenn er kann, an passendem Orte sich im Freien einige Zeit bewegt, bis zum Eintritt des Hitzestadiums, welches dadurch eher herbeigeführt wird, indem nämlich die Lösung des Hautkrampfes nun schneller erfolgt, und das aus den Hautkapillargefäßen zurückgedrängte Blut (daher die Erniedrigung der Hauttemperatur und das Frostgefühl) früher in dieselben zurückkehrt, womit das Hitzestadium beginnt, welches unerbittlich bekämpft, mit anderen Worten ermäßigt und ins Schweißstadium überführt werden muß, wenn nicht bei längerer Dauer Lebensgefahr wegen Lähmung der Nerventhätigkeit eintreten soll (siehe oben — bei Scholl war das Fieber nicht nicht zum Brechen zu bekommen, trotz Chinin, und sein Schwächerwerden zeigte eben die Lähmung der Nerventhätigkeit in Folge der innern Gluth an!).

Hier ist der Wasserdoktor nun Meister und triumphirt mit seinem einzigen Mittel über alle Fiebermittel der Staatsheilkunde, welche nach Aussage von Prof. Liebermeister auf dem 4. Kongreß für innere Medizin — mehr oder weniger starke Gifte sind! Also was thut der Wasserdoktor? Er läßt ein Halbbad vorrichten, d. i. eine gewöhnliche möglichst niedere Badewanne in Höhe von ³/₄' mit Wasser von 18—20° R. anfüllen (so daß das Wasser die Beine ganz bedeckt und dem Patienten bis zum Nabel reicht), seinen Patienten hineinsetzen und nun von 2 Personen derart mit den bloßen Händen bearbeiten, daß eine die beiden Beine und Arme kräftig frottirt, die andere ebenso Vor- und Rückseite des Rumpfes, und dabei öfters noch den außerhalb des Wassers befindlichen Körpertheil mit einem kleinen, aus dem Badewasser gefüllten Topfe übergießt; nach ein paar Minuten läßt man den Patienten seine Lage ändern, nämlich soweit in der Wanne vorsitzen, daß er sich mit dem Rücken und Hinterkopf ins Wasser legen kann, alsbann die Beine aus dem Wasser ziehen und die Füße auf den Rand auflegen, wobei er sich mit den Händen gleichzeitig an demselben hält; nunmehr frottirt eine Person die in der Luft befindlichen Beine tüchtig, die andere die Arme und die unter Wasser befindliche Brust, bewegt auch mit einer Hand das Badewasser, daß immer neue Wassertheile an den heißen vom calor mordax brennenden Rumpf gelangen; diese doppelte Prozedur, von mir duplizirtes Halbbad genannt und zuerst in die Praxis eingeführt, wird nun ein paar mal repetirt, und zwar so lange ohne Unterlaß, bis Patient unter den Schultern merklich abgekühlt sich anfühlt, und schon leicht mit den Zähnen klappert; alsdann läßt man ihn sich erheben, streift ihn mit den Händen vom Kopf bis zu den Knien bloß ab, von da an aber läßt man ihn tüchtig abtrocknen und bringt ihn sofort in die paratgehaltene feuchte Ganzpackung (eine große mehr lange als breite Wolldecke wird auf die Matratze gelegt, auf dieselbe ein trockenes und auf dieses ein mindestens 15—30 Minuten im frischen Wasser gelegenes und ziemlich kräftig ausgewundenes grobes Leintuch, auf dieses an die Stelle, wo der Rücken des Patienten zu liegen kommt, ein ebenso angefeuchtetes grobes Handtuch quer über); also darauf läßt man nun den Patienten sich der Länge nach hinlegen, die Arme alsdann erheben und legt ihm nun das Handtuch von unter den Armen über die Brust und Unterleib, so, daß ein Ende desselben das andere bedeckt, läßt ihn nun die Arme knapp an die Seiten legen und nachdem man noch mit einem 2. feuchten Handtuche die ganze Schoßgegend bedeckt, nimmt der Wärter die Hälfte des feuchten Leintuches, welche der Wand zunächst liegt, und schlägt sie glatt über den Patienten vom Hals bis über die Füße hinaus, stopft etwas von dem überflüssigen zwischen die Beine, zieht den obersten Theil unter dem Kinn weg über die Schulter und stopft den Zipfel unter dieselbe, ebenso macht er es mit der andern Hälfte des nassen Leintuches, welche er vom Kinn bis über die Füße glatt an sich zieht, und den Ueberschuß unter den Patienten stopft, auch, was über die Füße hinausragt, umbiegt und ebenfalls unter die Füße stopft; dann macht man es mit dem trockenen Leintuch und der Wolldecke ebenso und streicht letztere noch hübsch glatt von oben bis unten; es gehört allerdings einige Uebung dazu, bis man es dahin bringt, daß Patient, dessen Kopf allein noch sichtbar, vom Kinn bis zu den Füßen hübsch glatt emballirt daliegt wie eine Mumie, und sich nicht im mindesten rühren kann, was gerade mit beabsichtigt ist! Was soll nun aber geschehen, was ist mit dieser Emballage beabsichtigt? Zunächst gleichen sich die Temperaturen des feuchten kalten Tuches und der nach und nach wieder warm werdenden Oberhaut des gebadeten Fiebernden aus, weil immer neue heiße Blutmassen von innen her anrücken und abgekühlt zurückkehren; da nun aber kein Atom Wärme entweichen kann, so muß zuletzt das im Tuche zurückgebliebene kalte Wasser so heiß werden wie das Blut selbst — das übrigens durch das Bad und das kalte Tuch an Wärme verloren hat, — und schließlich sich zum Theil in Dunst verwandeln, wodurch eine vollständige Lösung des Hautkrampfes und eine Erschlaffung der 7 Millionen Hautporen bewirkt wird, so daß nun aus dem Hautkapillargefäßnetz eine Menge Wasser in Schweißform vermischt mit dem im Blute kreisenden Malariastoff sich entleeren kann! Dieses Schweißstadium läßt man nun bei guter Ventilation, und unter öfterem Wassertrinken so lange andauern, als es dem Patienten in seiner Einpackung nicht lästig ist, und nimmt ihn dann, sobald dieser

Moment eingetreten, geschwind heraus, setzt ihn sofort in das bereitgehaltene frische Halbbad (wobei man **nicht** befürchten darf, daß den Patient der Schlag trifft) und läßt ihn wieder durch 2 Personen so durcharbeiten, wie oben beschrieben, zum Schluß aber noch mit ein paar Eimern kühlerem (16—14—12°) Wasser **übergießen**, dann gut abtrocknen und wenns im angenehm ist, ankleiden und **ins Freie gehen**, andernfalls mit frischem Hemd versehen ins Bett zurückkehren.

Bei jedem **neuen Fieberanfall** wird es ebenso gemacht und in der fieberfreien Zeit hat Patient eingedenk des Spruches: „in pace para bellum", zu deutsch: im Frieden muß man an den Krieg denken! — täglich seine Temperatur zu messen, und wenn sie 37° C. übersteigt, jeden Tag früh und abends eine nasse Abreibung des ganzen Körpers vorzunehmen, und stets vor Schlafengehen eine feuchte Rumpfbinde anzulegen, welche bis zum nächsten Morgen liegen bleibt; diese hilft die Anschwellung der Milz zertheilen und sollte eigentlich Tag und Nacht getragen werden, mit Wechsel bei Tag, so oft sie recht warm geworden. Ueber die Fieberdiät am Schluß einige Worte.

ad 2. Es ist nicht bloß wahrscheinlich, sondern die reine **Thatsache, daß die dortige Diät, welche sehr üppig ist, viel Fleisch, Wein und Bier enthält, nur mithilft, das Fieber zu verschlimmern.**

Im Jahrgang 1875 Nr, 6. habe ich einen Brief von Dr. Holub in Südafrika mitgetheilt, den derselbe an seinen früheren Lehrer, Prof. Dr. v. Hyrtl in Wien geschrieben hat, welcher dessen Inhalt mir für den „N.=A." zur Verfügung gestellt. Holub sagte darin:

„In einer mir zugeschickten Nummer der „Narodni listy" fand ich eine Abhandlung über „Die Folgen des Fleischgenusses", die unter den Aussprüchen vieler geachteter Männer auch Ihr Gutachten enthielt. Ich stimme demselben vollkommen bei, um so mehr, als ich hier Gelegenheit habe, mich persönlich und thatsächlich von der physiologischen Wirkung der vegetabilen wie der Fleischkost zu überzeugen. Ich erlaube mir demnach meine Beobachtungen und Erlebnisse in dieser Beziehung Ihnen in 3 Beispielen mitzutheilen 2c.

ad 1. Im ersten berichtet Holub, daß die die Diamantenfelder behufs Arbeit aufsuchenden Eingeborenen meist von Milch und dem Jagdertrag sich nähren, und ein wahrhaftiges Bild des Jammers seien, nämlich körperlich so herabgekommen und mager, daß sie mehr egyptische Mumien als lebende Personen vorstellen, ja man möchte bei dem Anblicke ihrer oben wie am Knochen beinahe gleich starken Beine denselben jedwede Muskulatur absprechen. Die Digger füttern ihre schwarzen

Diener ausschließlich mit sogenanntem Papp, d. i. Maisbrei, grobes Maismehl mit Wasser und Salz angemacht, 2—3mal im Tage und jede Ration enthält pro Mann ca. 1¼ Seidel; nachdem solch ein abgemagerter Eingeborener 2—3 Monate hier gearbeitet, sich ausschließlich von der genannten Kost nährend, hat er sich in einen andern Menschen verwandelt. Nie würde man glauben, daß die starken, stolz einherschreitenden Gestalten die magern Gespenster gewesen, die man vor einigen Monaten nicht ohne Bedauern ansehen konnte; vorerst beginnt die Muskulatur zuzunehmen, dann überzieht sich dieselbe, es füllen sich die Gewebe mit Fett und wir sehen die fetten Schenkel bei jedem Schritte erzittern; und dieses Beispiel ist hier ein tausendfaches!

ad. 2. Im zweiten berichtet Holub, daß bei den Kämpfen unter den zentralen südafrikanischen Stämmen die Westbetschuanen, theilweise von vegetabilischer Kost sich nährend, ja wochenlang nur von Beeren, sich in die Kahalari=Steppe zurückziehen, während die Zulus, jahraus jahrein nur von Fleischkost lebend, schon am 3. Tage der Verfolgung umkehren, weil sie die Strapazen der wasserlosen, bloß Beeren enthaltenden Gegenden nicht ertragen können und viele von ihnen an Erschöpfung wegsterben. Daher der Ausspruch der Betschuanen lautete: Das beste Mittel, unsere Heerden von den Zulus nicht stehlen, uns selbst nicht erschlagen, unsere Frauen nicht schänden und unsere Kinder nicht rauben zu lassen, um nicht auch zu Blutkaffern erzogen zu werden, das beste Mittel ist, um dies alles zu verhüten, ohne Blutvergießen — sich an den Rand der Steppe zu begeben; hier sind wir sicher, denn die durch Fleischgenuß verweichlichten Zulus ertragen die Anstrengungen nicht!

ad. 3. Im dritten führt Holub sich selbst an, indem er nolens volens auf seiner zweiten südafrikanischen Expedition in die Diamantenfelder zum Maispapp seiner Diener habe greifen müssen, als ihm die Möglichkeit, Fleisch zu erlangen, durch verschiedene Umstände ganz und gar genommen war; und wörtlich lautet der betreffende Passus: „Und siehe da, der Papp mundete mir vortrefflich, nur in Schoschong nicht, wo ich ihn 6 Wochen lang ohne Salz und Schmalz essen mußte, doch ob er mundete oder nicht mundete, er war für mich die gesundeste Speise, die ich je aß; der einfache, mit Wasser angemachte Maisbrei machte mich gesund, stark, frisch aussehend, vielleicht (nein gewiß! G. W.) ließ er uns auch leichter unser Fieber ertragen; vier Monate nährte ich mich nur von Vegetabilien und als ich von der Expedition zurückkehrte, begrüßte mich ein jeder mit den Worten: Doktor, zum Kukuk, Sie sehen ja so wohl aus, wie noch nie zuvor.

wie sind Sie so stark geworden? Ehe ich die Expedition antrat, wog ich bei der besten englischen Fleischkost 132, nach der Rückkehr bei der Pappkost 183 Pfund!

Und in Th. Hahns Schrift, bet. „Die naturgemäße Diät", Kap. 9 „Schutz gegen Ansteckungs= und andere Krankheiten" finde ich noch einige hierher gehörende Stellen, sie lauten S. 185:

„Als ich im Jahre 1817 in dem ungesundesten Theile des inter= tropischen Afrika reiste, traf ich mit einem Engländer zusammen, welcher schon zwischen 30 bis 40 Jahren dort gelebt hatte und sich doch des Genusses einer guten Gesundheit erfreute! Bei Beantwortung meiner Frage über seine Gewohnheiten theilte er mir mit, daß bald nach seiner Uebersiedelung in dieses pestilenzialische Klima seine Gesundheit zu leiden anfing, bis er, nachdem er verschiedene Lebensmethoden ohne wohlthuende Wirkungen versucht, die Diät und das Getränke der Ein= geborenen angenommen (dieselben leben fast ausschließlich nur von Reis, Mais und Wasser) und seit jener Zeit keine ernstliche Krankheit er= fahren habe!" S. 186:

„Missionär Milan in Afrika macht, nachdem er einen Bericht über seine eigene gefährliche Erkrankung gegeben, folgende Mittheilung über seinen Kollegen Krocker: Bruder Krocker ist sehr begünstigt gewesen, er hat niemals einen wirklichen Fieberanfall gehabt, was für einen Weißen hier ganz unerhört ist; aber er begann 3 Monate, bevor er Amerika verließ, von einer mehlhaltigen Nahrung zu leben und hat diese Er= nährungsweise hier genau fortgesetzt; er ißt nur Reis, Maniok= brot und süße Kartoffeln — eine für die Einwanderer nach diesem Lande bemerkenswerthe Thatsache!

Mr. Elroy aus Kentucky besuchte im Sommer 1835 Liberia in Afrika und langte im Juli dort an; er hielt sich zwei Monate in Monrovia und zwei Monate an der Küste auf; während seiner Reise dahin schon und während seines Aufenthaltes dort und seiner Heimreise enthielt er sich gänzlich thierischer Nahrung und lebte nur von Reis und anderen mehlhaltigen Vegetabilien und Früchten! Er erfreute sich während der ganzen Zeit der besten Ge= sundheit, obgleich er vielen Ansteckungen ausgesetzt war!" — .

Nunmehr noch wenige Worte über die Fieberdiät, auf welche ich oben verwiesen habe; dieselben lauten: Was gut ist, um das Fieber zu verhüten, das ist auch gut während der Anfälle, also: Carne vale — Fleisch lebe wohl und dafür eviva: Pflanzenkost und Früchte!

Ich will es dabei noch gnädig machen und die Leute nicht bloß auf Holubs kafferischen Maispapp beschränkt wissen, der so gute Dienste

leistete in guten wie bösen Tagen, sondern ihnen gerne die reiche Ab=
wechslung der sogenannten vegetarischen Kost gestatten!
Also was lernen wir aus all dem Vorstehenden?
Wenn der Chef des Hauses Woermann fernerhin keinen seiner
Leute mehr durch das böse Klima in seinen afrikanischen Besitzungen
frühzeitig hinweggerafft sehen will, dann muß er dieselben für
jenes Pestilenzklima extra brainiren lassen und zwar schon in Hamburg,
mindestens 3—6 Monate vor der Abreise, streng vegetarisch leben und
alle Tage naß abreiben oder kühl baden, hernach während der Reise
und nach der Ankunft in der Kolonie dieses Regime streng fortführen,
auch wohl die Jägersche Wollkleidung tragen lassen, welche seuchenfest
machen soll. Es kann nicht fehlen, daß auf obige Weise gelebt und
gehandelt, dem Hause Woermann keiner seiner eingewanderten deutschen
Arbeiter dort mehr frühzeitig wegsterben wird!
Noch eins! Herr Woermann mag den ersten seiner Leute, den
er wieder nach Kamerun schickt, vorher auf einige Tage zu mir fahren
lassen, damit ich demselben genannte Kurprozeduren einpauken und ihn
sonst noch über Fieberbehandlung belehren kann, worauf er dann in
Kamerun die Leute in der richtigen Handhabung von Abreibung, Ein=
packung und Halbbad unterweisen und die dortigen Mediziner mit
ihrem Giftarsenal ganz entbehrlich machen dürfte!"

* * *

Zur Vervollständigung des hier Gesagten füge ich noch folgende
zwei hochwichtige Zeugnisse bei. Das eine entnehme ich dem Werke
„Das Paradies der Gesundheit, der verlorenen und der
wiedergewonnenen, von Theodor Hahn" (Cöthen, P. Schettler
1879. S. 43—47), dem Manne, der eine Zeitlang gemeinschaftlich mit
dem obigen auf dem Felde der „Naturheilkunde und naturgemäßen
Lebensweise" gewirkt, und sich besonders durch seine zahlreichen Schriften
sowie seine bei St. Gallen gegründete Anstalt ein dauerndes, wenn auch
von den Wenigsten noch anerkanntes Verdienst um die leidende Mensch=
heit erworben hat. Dieses Zeugniß stammt ebenfalls von einem
Deutschen, einem in Westafrika wirkenden Missionär, dem Herrn Leißle
aus N., und ist in zwei Briefen enthalten, welche er an den Heraus=
geber dieses Werkes gerichtet hat. Hier diese Briefe:

Westafrika, Gold=Coast, 3. Juli 1866.

„Es sind nun ungefähr neun Monate, daß wir auf dem Bahn=
hofe Ulm unter gegenseitigen Segenswünschen von einander geschieden

sind, Sie, mein Herr, auf einer Consultationsreise in der Richtung nach
Linz in O. und ich nach N., meiner damaligen Heimath in Württem=
berg. Ich ging von Ihnen mit dem festen Entschluß, das, was ich
bei Ihnen gesehen und gehört hatte, nun auch in's Leben einzuführen
und bei mir in Fleisch und Blut übergehen zu lassen. Vielleicht wurde
Ihnen die Zeit lang, bis dieser mein erster Brief an Sie gelangt und
Ihnen Nachricht von meinem Ergehen, und meinem Thun und Treiben
besonders in diätetischer und gesundheitlicher Beziehung bringt. Nun,
diese Zeilen sollen Ihnen einen einstweilen kurzen Auszug davon bringen,
da es mir den Augenblick unmöglich ist, Eingehenderes brieflich mit=
zutheilen.

Ich verließ N. Mitte November vorigen Jahres und reiste über
Basel, Paris, London nach Liverpool, wo ich mich am 24. November
in Begleitung meiner lieben Frau und zwei Reisegefährtinnen, Bräuten
für zwei auf unseren afrikanischen Stationen arbeitenden Missionären,
einschiffte. Zu Hause schon hat sich meine liebe Frau halb und halb
an meine Lebensweise angeschlossen, und ihre Einwendungen wurden nach
und nach seltener und schwächer, besonders da ich ihr bei Zahn= und
rheumatischen Seitenschmerzen kaltes Wasser mehre Male mit günstigem'
ja fast augenblicklichem Erfolge applicirte; auch bei meinen Kindern, deren
eines eine Entzündung der Wange und das andere, ein circa 4=wöchiger
Säugling, die Brechruhr im höchsten Grade hatte, war der Erfolg der
angewendeten Wasserapplicationen ein augenblicklicher. Eine aus Australien
krank und elend zurückgekehrte Pfarrersfamilie hat mit einem wahren
Heißhunger von Ihren diätetischen und ärztlichen Grundsätzen von mir
gehört und gelesen, und Mann, Frau und Kinder haben nach Ein=
führung und Adoptirung Ihrer diätetischen und Heilgrundsätze alsbaldige
bedeutende Erleichterung ihrer Leiden erfahren; sie leben bis heute, so
viel ich weiß, denselben gemäß in N. Ich selbst habe die Diät daheim
wie auf der Reise zu Wasser und zu Land bis heute wie nur immer
möglich consequent gehalten und durchgeführt, ohne je auf besondere
Schwierigkeit gestoßen zu sein. Denn man kommt ja bekanntlich mit
weniger Ansprüchen leichter durch die Welt, als mit vielen. Das kalte
Wasser habe ich anfangs eher zu viel als zu wenig angewendet und ich
befinde mich hier bei nur einmaliger Waschung des Morgens beim Auf=
stehen ganz befriedigt.

Die Temperatur hier ist in gegenwärtiger Regenzeit Morgens
18—19° R., Mittags 21—24°. Sie sagten mir bei meinem Besuch
auf der Waid, daß ich auf dem Wege zu meiner Genesung und

Kräftigung wahrscheinlich noch eine Fieber-Krisis zu bestehen haben werde*) und siehe da! schon in den letzten Wochen auf dem Mail-Steamer, als wir uns mehr und mehr A., dem Orte meiner Bestimmung, näherten, bekam ich heftiges Fieber, das weder bei Tag, noch bei Nacht weichen wollte und mich ungemein schwächte. Für Badeeinrichtung war an Bord des Steamer schlecht gesorgt; nur Morgens einmal konnte man ein Bad haben und das bestand oft aus warmem Wasser aus dem Maschinenraum. Da war guter Rath theuer und ich mußte wohl oder übel mein Fieber behalten bis ich an's Land kam. Hier hatte ich mein Fieber nach ungefähr vier Einwicklungen und darauf folgenden Bädern beseitigt und ich freute mich schon in der Aussicht, die Krisis nun hinter mir zu haben. Aber ich sollte mich täuschen. Ausgangs December kam ich hier an's Land und ich hatte Fieber, und Anfangs April wiederholte sich's: dazu noch heftiger als das erste Mal. Das kam mir sehr unerwartet und ich muß sagen, als das Fieber trotz allem Wickeln und kaltem Wasser und Vegetabilität nicht weichen wollte, da ging mein Glaube an Ihre Lehre, Herr Doctor, sehr zusammen und beinahe wollte ich verzagen und alles bisher Erkämpfte und Erfahrene verwerfen und Ihnen schreiben, daß diese Ihre Lehre für Afrika nicht tauge (vergl. Hahn, Naturgemäße Diät, S. 223 u. f.). Nun, es kam nicht so weit, sondern ich hielt aus, blieb fest bei meiner Lebensweise trotz allen scheelen Blicken, die man mir zuwarf, und das Fieber wich endlich. Ich erholte mich auch sehr rasch und genieße nun seit circa drei Monaten ein Wohlsein und eine Gesundheit, wie ich sie noch selten hier hatte, und ich kann auch meinem Berufe mit Freudigkeit vorstehen. Die meisten meiner hiesigen Mitarbeiter sind allopathisch gesinnt und in Fällen, wo ihre Medicin sie im Stiche läßt, da ist man froh an mir, wenn ich mich mit Wasser herbei lasse, was auch in der Regel bei Jung und Alt auffallend schnell wirkt. Ich dränge mich nirgends auf, sondern verhalte mich mehr passiv, bis besonders auch meine diätetische Lebensweise durch mein eigenes Beispiel mehr Zutrauen gewonnen hat und die Vorurtheile nach und nach verschwinden, was, wie ich zu Gott hoffe, mehr und mehr geschehen wird."

---

*) Der geehrte Herr Correspondent war während seines früheren längeren Aufenthaltes in der gleichen Station Jahre lang an den bösartigsten Klimafiebern krank gelegen und dem gänzlichen Erliegen nahe gewesen; ein kritischer, heilsamer Rückfall war also sicher voraussichtlich.   Th. H.

Westafrika, Gold-Coast, 30. Juni 1867.

„Ihre ermunternde Zuschrift vom November vorigen Jahres hat mich recht gefreut; sie hat mich auch im besten Wohlsein angetroffen, ebenso wie ich jetzt diese gegenwärtigen Zeilen schreibe.

Die erste Abtheilung Ihres Handbuches habe ich durch die Missions-verwaltung in B. richtig erhalten. Sehr überrascht und zwar sehr angenehm überrascht war ich dann vor wenigen Wochen, als ich den „Naturarzt" auf's Neue erschienen und Ihren Namen als Herausgeber vorgezeichnet fand. Für die Zusendung dieser zwei ersten Nummern, die mir vermuthlich durch Ihre freundliche Vermittelung bis in diese meine afrikanische Wildniß zukamen, sage ich Ihnen hiermit meinen aufrichtigen Dank und bitte Sie zugleich, mich auch fernerhin als Ihren Abonnenten zu betrachten.

Ich schrieb Ihnen voriges Jahr von mehreren Fiebern, die ich hatte: später kam noch dazu ein trockener Husten mit mehr oder weniger Athmungs- und Brustbeschwerden, so daß ich an Auszehrung dachte. Auch wer mich sah und husten hörte, die Eingebornen sowohl, als meine europäischen Mitarbeiter auf hiesiger Station dachten so. Das war hart für mich und weil es einen bis zwei Monate so fortging, so sah ich mich in Beziehung auf meinen Glauben an die Unfehlbarkeit der Naturheilmethode sehr auf die Probe gestellt. Doch zweifelte ich nicht, ließ wenigstens meinen hier und da aufsteigenden Zweifeln keine Herrschaft über mich zu, und beharrte neben täglich regelmäßigen Waschungen des ganzen Körpers bei meiner einmal eingeführten natur-gemäßen Diät, bei Brot, Früchten und Wasser. Ihr Schrotbrot hätte ich mir oft gern gewünscht, da das hiesige Guinea-Korn- (Welsch-Korn-) Brot ungesäuert mir durchaus nicht munden wollte, ja mich sogar an-widerte. Gesäuert, wie es die Eingebornen essen, finde ich's auch nicht für gut, und so bin ich bis jetzt bei Brot von gewöhnlichem europäischen Mehl, wie wir's hier haben können, geblieben, das mit etwas wenigem Palmwein bereitet, nicht sauer, sondern eher süßlich schmeckt. Nächst Gott, kann ich sagen, habe ich's dieser meiner consequent durchgeführten naturgemäßen Heilmethode zu verdanken, daß ich während jener ob-genannten Husten- und Fieberzeit, von der ich überzeugt bin, daß es eine kritische bei mir war, nicht nur nie im Bett liegen, sondern noch immer meinem Berufe nachgehen konnte und nach und nach mich wieder so erholte, daß ich seit circa zehn Monaten trotz der afrikanischen Tropensonne, die ich täglich von Früh bis Nacht unter freiem Himmel zu ertragen habe, so gesund und so wohl mich fühle und arbeiten kann wie in Europa.

So sind nun auch die einst so lauten Stimmen in meiner Umgebung, die mir prophezeiten, ich werde es ohne Spirituosen und Fleisch in Afrika nicht weit bringen, glücklich geschweigt und verstummt, ja gebe Gott! für immer widerlegt. Auch meine Gesichtsfarbe, mein ganzes Aussehen, das hier früher immer bleich, blutarm, elend war, könnte selbst in Europa nicht besser sein. Blutgeschwüre und Aißen, wie man sie im guten Schwabenland nennt, die hier früher bei mir wie jetzt noch bei anderen Europäern oft den ganzen Leib bedecken und quälen, Milz- und Leber-Stechen und Brennen, Hämorrhoiden, die mich oft nicht sitzen, gehen, stehen, liegen ließen, sind spurlos verschwunden. Beständiges Zittern, stete Ueberreiztheit des ganzen Nervensystems, wie ich's früher hier hatte und wie es bei den meisten unter tropischer Sonne weilenden Europäern, besonders Frauen, zu finden ist, hat einem leiblich und seelisch wohlthuenden Gefühle von Muth und Kraft Platz gemacht. Kurz, ich kann nicht anders, als offen bekennen, daß ich es als eine für mich äußerst günstige Gottesfügung ansehe, als er mich das erste Mal mit der Naturheilkunde und den ihren Grundsätzen huldigenden Männern in Berührung brachte. Menschlich gesprochen, wäre ohne sie mein ferneres Leben ein siecheß und krankes geblieben und hätte ich in meinem Berufe wohl kaum mehr die Strapazen, Entbehrungen, Nöthe und Kämpfe bestehen können, die nun einmal unzertrennlich damit verbunden sind. Nun aber sehe ich getrost der Zukunft mit Allem, was sie birgt, entgegen, wissend, daß wohin immer auch mein Beruf mich führen wird, Brot, Früchte und Wasser zu einer gesunden fröhlichen Existenz hinreichen.

Mit Proselyten-Machen in meiner Umgebung ist's noch schlecht bestellt. Es heißt eben auch hier: „Erst die Noth lehrt beten." Nur wenn gar kein anderer Ausweg mehr zu finden ist, wird dieser Weg eingeschlagen. Der Gaumen, Erziehung und Gewohnheit bilden oft zu starke Ketten, als daß man sich losmachen könnte von bisheriger Art und Weise, trotz der augenscheinlichsten Beweise der Heilkraft von Wasser und Diät, welche zu liefern auch mir schon vergönnt war. „Der Geist ist willig, aber das Fleisch ist schwach" sagt die Schrift, und dies ist nicht nur in Bezug auf das Ueberwinden unsrer inneren Feinde, sondern auch in Bezug auf das Ueberwinden der äußeren Feinde unserer leiblichen Existenz nur zu wahr.

Nun leben Sie wohl, werthester Herr! Mit herzlichen Grüßen an Sie und die lieben Ihrigen!"

Das andre Zeugniß entnehme ich der soeben erschienenen Schrift „Mehr Licht im dunkeln Welttheil." Betrachtungen über die

Kolonisation des tropischen Afrika 2c. von Dr. A. Fischer, prakt. Arzt in Sansibar. (Hamburg, 1885). Dieses, die vegetarische Lebensweise betreffende und gerade für den Aufenthalt in tropischen Ländern aufs Eindringlichste empfehlende Zeugniß gewinnt deßwegen eine nicht hoch genug anzuschlagende Bedeutung, weil es von einem Mediziner selbst, einem Mediziner vom Fache herrührt, der es auf Grund eigener, persönlicher, siebenjähriger Erfahrungen zur Beherzigung eines Jeden ausspricht, dem die Wahrheit über die Gewohnheit geht. Dr. Fischer sagt (S. 33.) „Wenn ich sagte, daß der Europäer ohne Schaden für seine Gesundheit eine Reihe von Jahren in den Tropenländern Afrikas aushalten könne, so wird das, abgesehen von den Verhältnissen, über die er keine Macht hat, nicht wenig von seiner Lebensweise abhängen. Sie muß eine rationellere sein, als wie man sie hier zu Lande meist zu führen pflegt. Da aber gerade die sich in den Tropen aufhaltenden Europäer vielfach das Gegentheil von dem thun, was der Gesundheit dienlich ist, so kann man sich nicht wundern, daß so viele an den „Folgen des Klimas" zu leiden haben. Man muß es gesehen haben, wie von einem großen Theile der europäischen Kaufleute in Indien gelebt wird, um zu verstehen, daß so viele Leberkranke nach Europa zurückkehren. Brandy, Bier, Brandy und noch einmal Brandy und eine Reihe Fleischspeisen dreimal am Tage. Und worin bestehen die Ausgaben in geistigen oder körperlichen Leistungen gegenüber der Unsumme von eingeführten leistungsfähigen Stoffen? In dem unter Aechzen und Stöhnen erfolgenden Ersteigen der Comptoirtreppe, in der geringen Anstrengung weniger Geschäftsstunden und in einer Spazierfahrt vom und zum Geschäftslokal! Kann es da Wunder nehmen, daß man in jenem Klima an intensiveren Stoffwechselkrankheiten zu leiden hat, als in dem unsrigen, wo auch schon viele Leute an solchen laboriren? Hier zu Lande kann man aber schon manche Diätfehler ungestraft begehen, die sich in den Tropengegenden in gefährlicher Weise rächen. Die in Bombay lebenden jungen Engländer treiben auch dort vielfach ihren Sport: Polo, Ballspiel, gymnastische Uebungen, und haben dieser Sitte zu verdanken, daß sie trotz des vielen Brandy's verhältnißmäßig wenig unter dem Klima leiden. Auf Sansibar betheiligten sich in den letzten Jahren an diesen Spielen auch die deutschen Kaufleute, die bei Mäßigkeit in alkoholischen Genüssen*) sich immer einer guten Gesundheit erfreuten

---

*) Um jedes Mißverständniß zu verhüten, sei hier an das eigene Bekenntniß meines Sohnes erinnert, nach welchem er von vornherein mit dem Entschlusse höchster Mäßigkeit seine Reise angetreten hatte, — einem Entschlusse, dem er auch treu blieb. D. H.

und auch bei längerem Aufenthalte noch eine frische europäische Gesichtsfarbe zeigten. Was mich persönlich betrifft, so habe ich während meines siebenjährigen Aufenthaltes so gut wie gar keine geistigen Getränke zu mir genommen. **Bei vorwiegend vegetabilischer Kost habe ich mich wohler gefühlt als bei reichlicher Fleischnahrung.** Früchte sind immer gesund, wenn sie gekocht genossen werden. Das Fleisch der noch vollkommen unreifen Mangofrucht giebt, mit starkem Zuckerzusatz gekocht, ein dem Apfelmuß ähnliches sehr angenehm säuerlich schmeckendes Gericht, das auch Dysenteriekranken gut bekommt. Der Mangobaum scheint überall im tropischen Afrika gut fortzukommen, und kann in Zukunft für die Einfassung der Landstraßen benutzt werden, während die Orange nur auf der Insel Sansibar gut gedeiht. Bananen rufen bei manchen Personen Verdauungsstörungen hervor. Es scheint, daß die auf gewissem Boden wachsenden Früchte besonders zu solchen Veranlassung geben. So ertrug ich die auf Sansibar wachsenden Ananas, auch in Menge genossen, sehr gut, während die von der Küste stammenden häufig Darmkatarrhe hervorriefen. Was die Kleidung in den Tropen anbetrifft, so will ich hier nur so viel bemerken, daß die Wolle allen anderen Stoffen vorzuziehen ist. Verfasser ist in den Tropen von Baumwolle zu Wolle übergegangen, hat sich dabei wohler gefühlt und ist weniger Erkältungen ausgesetzt gewesen. Bei sehr starker Transpiration bleibt die Wollenkleidung immer trockener als die baumwollene. Für den Reisenden, der nicht stets in der Lage ist, seine Wäsche häufig wechseln zu können, hat die Wolle noch den großen Vortheil, daß sie nie den unangenehmen Geruch hat, der sich in Folge der starken Transpiration bei Baumwolle bald einstellt. In dicken wollenen Strümpfen leiden die Füße bei angestrengtem Marsche am wenigsten. Daß die Wolle zur Uebertragung von Infectionsstoffen geeigneter sei, ist weder bewiesen, noch kommt das in Afrika in Betracht. Bei Vielen, die an Baumwolle gewöhnt sind, ruft die Wolle im Anfange eine Reizung der Haut hervor, die jedoch bald nachläßt. Bei Personen, besonders Neulingen in den Tropen, die an starker Röthung und an stechendem Jucken der Haut leiden (Preackle heat), kann es vorübergehend nothwendig sein die Wolle fortzulassen. Uebrigens wird man im Innern wohl nur sehr selten von diesem Hautleiden belästigt."